U0894681

李瑞清

作品

孤独的你总有星辰作伴

Lonely You Always Have Companion Stars

湖南文艺出版社
HUNAN LITERATURE AND ART PUBLISHING HOUSE
博集天卷
CS-BOOKY

NOTHING

推荐序

唯有努力，
孤独的你才有星辰作伴

你知道那些牛×的人最大的共性是什么吗？

采访过很多领域的大神之后，我发现，他们最大的共性就是——他们很早就知道自己要什么。

我认识一些名校的高才生，包括剑桥和哈佛的，都不知道自己要什么。

明白自己是谁，明白自己要什么，反而成了一件很稀奇的事。

这就是我最开始认识李瑞清的时候，特别惊讶的原因。

那时候他才11岁，就想明白了自己最喜欢写作，要一辈子专注于写作。

为了写作，他开始大量看书，把我推荐的文史哲方面的书一本本找来看。

有一次我们在出租车里聊天，他谈起秦晖的《传统十论》和王阳明的“心学”，把出租车司机给惊讶坏了，等李瑞清下车，司机问我：“这小孩多大啊，怎么这么博学？”

于是我们成了忘年交，他11岁，我18岁。

时间流逝，不知不觉，我已经18岁很多年了。

事实上，也有很多人小时候就知道自己要什么，但是，他们很快就动摇了。

喜欢画画，别人说画画很烧钱啊，很难出人头地啊，很容易学了好多年，找不到工作，白瞎了。于是，他们就放弃了。

喜欢唱歌，别人说这哪儿是正经职业啊，难道以后去街头卖唱吗？于是，他们就犹豫了。

李瑞清不一样。

我认识他七年了，他从来没有一分钟纠结过。

老师说他文科这么好，劝他去国外学法律好了。在美国，律师这个职业收入超高，他不为所动。

还有亲戚直接把历年大学专业就业排名甩给他，文学专业总是倒数几名，想给他个教训。他就“呵呵”了。

其实，明白自己要什么之后，总是会遇到很大的障碍的，有些人，就会选择容易的那条路。

李瑞清没有。

他初三毕业就要出国，他想清楚了要过去好好学，考上他想上的文学系，所以他不能到了美国才去过语言关。

初二开始，他花了一年，用课余时间，把口语练到了跟美国人可以无缝拼接的地步。

他刚到美国的时候，我去美国玩，在旧金山，看他点菜，哇擦，完全是美剧口音啊。要不是我很早就认识他，完全会认为他是个在美国长大的ABC啊。

哦，对了，当时他去美国，还被骗了。

他们找了个中介，花了好几万，对方信誓旦旦地保证，美国的学校们都在翘首企盼着李瑞清，只差他的临幸了。

然后他们欢快地到了美国，傻眼了，没有一所学校收到他的材料，没学上了。

李瑞清的爸妈有点着急了，毕竟人生地不熟，语言也不通，李瑞清反而是最淡定的，他掏出手机查资料，告诉爸妈："别着急，我一所所学校去问，找他们的招生办，总会找到一所要招我的。你们在车上等我就好了。"

然后他真的就把爸妈扔在车上，自己去一所所谈了。

最后，凭他的纯正口音，以及对文学的热爱，真的打动了一所学校的招生官，他真的可以在美国上学了。

后来念了一年，他准备转学，又自己去面试，考上美国优秀高中。真正决定性的，就是笔试的时候，他直接把钱穆《国史大纲》的前面那几段给默写了，用英文。

我本来以为，在美国上高中很happy，就是《歌舞青春》那种生活——谈谈情，跳跳舞，睡睡觉。或者是*Gossip Girl*那种，按照排列组合轮流乱搞。

好开心啊！

然而我去美国旅游，在他家住了一段时间，他每天早上7点就出门去上学了，晚上做作业做到12点才能睡觉，中途只有吃饭的时候能够休息一下下，其余时间都在学习。

我惊呆了，问他妈："这是因为有什么重要考试吗？"

他妈说："不是啊，他每天都这样啊。"

前段时间他准备AP考试，特别焦虑，因为好多同学都不睡觉了，他为自己每天还睡了四五个小时深感羞愧。

顺便说一下，他一直是学霸，在深圳小升初的时候，他就考上了深圳最好的中学——深外。然后13岁就出了本书，告诉大家怎么考上深外，以及在深外上学是什么体验。

到了美国优秀高中，遇到了全球顶尖的学霸，他觉得时间更不够用了。即便如此，他还是用课外时间坚持写专栏，主题是"我在美国上高中"，在《南方都市报》上长期连载。

那时候，他才15岁。

他还有点卷福式的小毒舌。

他的文字一直很高级，不是耍贫嘴，而是英式幽默。有点像伊恩·麦克尤恩早期小说的风格，冷冷的幽默感，只是没有那么暗黑。

比如调侃他的学长自恋，他的形容是："今天，则是学长的超巨型长篇口述自传《我为什么这么厉害》第一季的最后一集。"

比如形容美国老师淡定，他说："高中老师最大的本事之一，就是在某人扯谎时无视教室里此起彼伏的嗤笑而认真地目送某人嘴里的火车跑到终点站。"

比如写他的二B同学，他的整个描述特别有画面感："第一次见到乔纳森，是开学第一天。我在来往的人群中努力寻找着教室的方向，周围的每个人都沉默不语，神情肃穆，好像在参加一场葬礼，未来几年自由的葬礼。有一个人例外，他明显是来喝喜酒的……‘你好！朋友！’一张神情夸张的脸慢慢靠近。我把头偏向一边，开始认真思考我所在高中的招生标准是否存在缺陷。”

比如写生物课，他的修辞也很有意思：“生物算是最费工夫的一门课了，九个大章节有数不清的幻灯片要背，还有各种各样稀奇古怪的简答题和论文题目，青蛙、老鼠全部失去了隐私……”

也许，我们看这本书的意义，就是近距离地感受：他比你好看，比你有才华，可怕的是，他还比你努力。

13岁出书，15岁开专栏，18岁出第二本书。

唯有努力，我们才有更多选择。

唯有努力，未来才会充满可能。

唯有努力，孤独的你才有星辰作伴。

孤独的你
总有 星辰作伴

目录 Contents

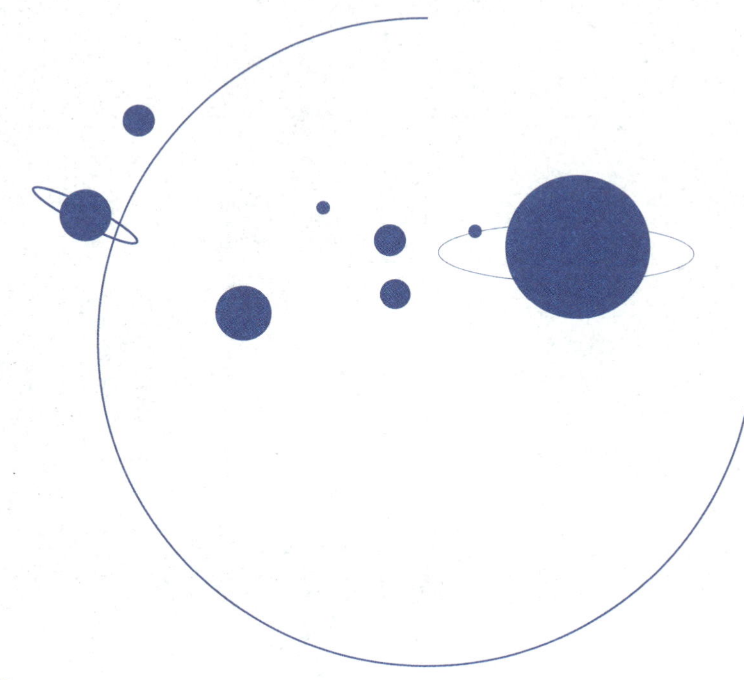

001

水星 Mercury

在古希腊时代，水星是天上神的传信者，一切思想来源的守护神，也是人类心智的守护神。

金星是夜空中最闪亮的星星。
在希腊神话中，金星之神，
是爱与美的化身。

火星的英文名是Mars，
这是罗马神话中战神的名字，
在希腊神话中，
他的名字叫作阿瑞斯。

079

木星 Jupiter

古罗马神话中的众神之王，
相对应于古希腊神话的宙斯。
拉丁语中的“星期四”，
这个词也起源于朱庇特的名字。

103

太阳 Sun

在希腊神话中，太阳之神
代表着光明。传说他每日乘着
四匹火马所拉的日辇在天空中驰骋，
从东至西，晨出晚没，
令光明普照世界。

131

土星 Saturn

塞坦是罗马神话中的农神，
也是时间之神。

157

天王星 Uranus

天王星的英文名是Uranus，
来自古希腊神话中的天空之神
乌拉诺斯，象征希望与未来，
并代表天空。

在罗马神话中，
海王星的名字Neptune等同于
希腊神话中的Poseidon（波塞
冬），为掌管海洋与山川之神，
因此被称为海王星。

冥王星之所以会获得这样一个名字，
可能是它离太阳实在是太遥远了，
以至于几乎完全处在黑暗之中。
但即便遥远黑暗，
也没有阻碍它的存在。

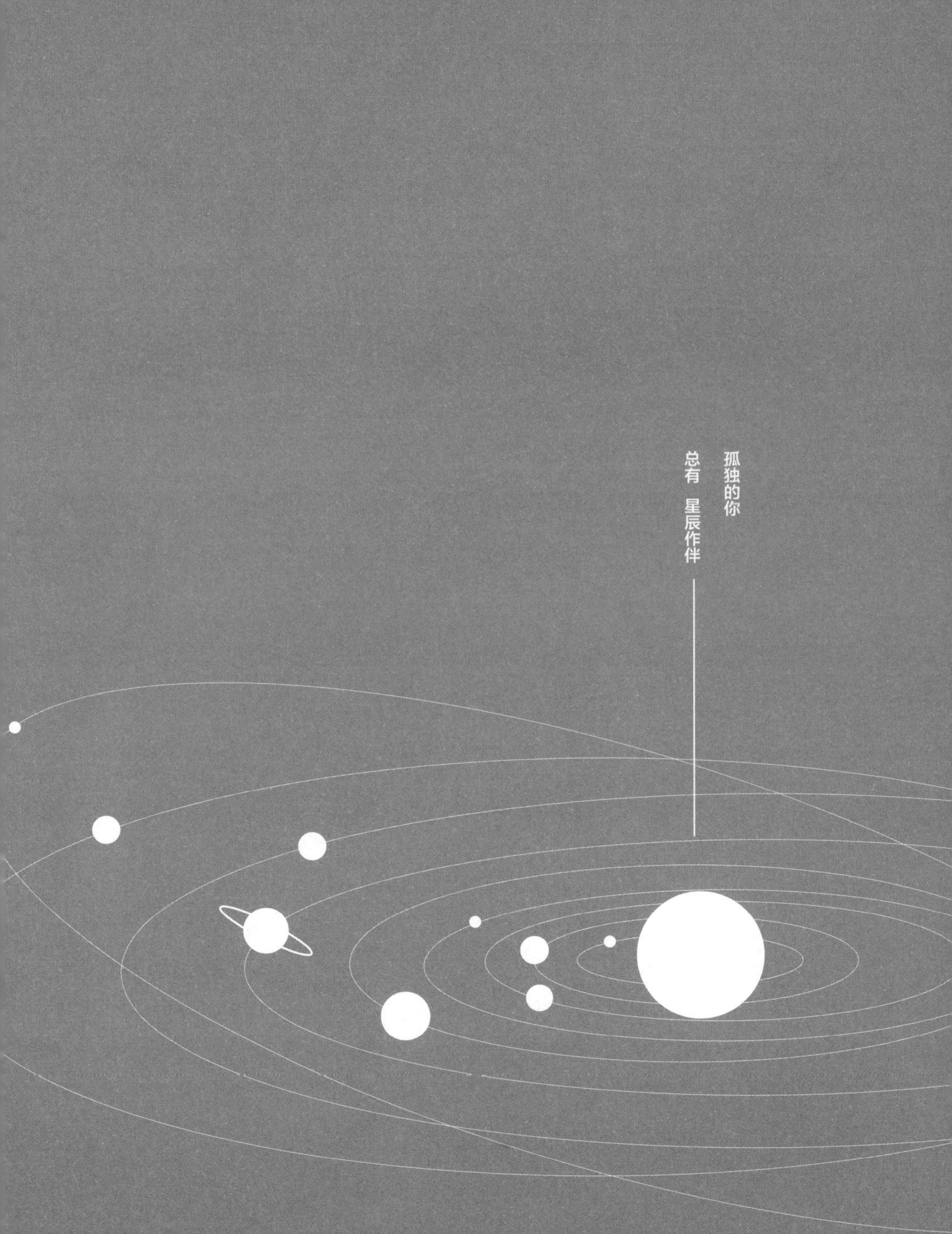
孤独的你
总有 星辰作伴

每个人在做自己喜欢的事情的时候都有共同的特征：

眼神明亮，充满激情，仿佛全身都发着光。

考试这东西，

并非考验智商，

而是在检验学生努力的程度，

成功毫无捷径可走。

水星 Mercury

在古希腊时代，水星是天上神的传信者，一切思想来源的守护神，也是人类心智的守护神。

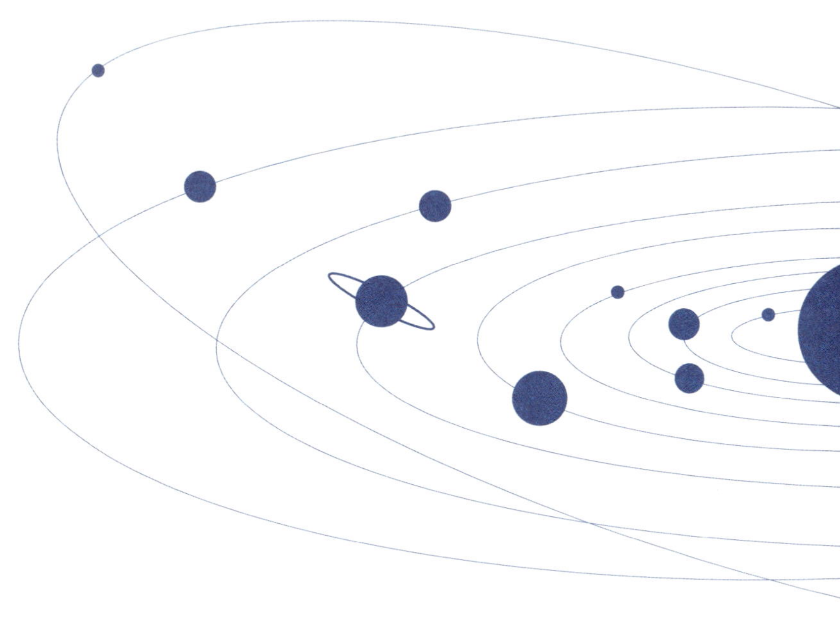

我是怎么申请到美国高中的？

我把申请留学的资料放在留学顾问的面前，趁她低头一页页翻看的工夫环顾四周。

那时我已经参加过几次留学中介开办的讲座和咨询活动，结果发现，天底下所有留学机构的老板大概都师出同门，一切都得顺着祖师爷传下来的老规矩，比如落地玻璃窗和标满了红旗的美国地图等等都是必需品，稍有违抗就要被挑筋断骨逐出师门。

当我正数着地图上的红旗数量时，顾问合上资料，抬起头，紧盯着我："你很有希望，在我这儿报名吧！不需要你有多好的成绩、多高的分数，美国其实一点儿也不可怕。让我和你一起，从顶级私立高中走到常青藤！"

我看着顾问眼镜片后那双炙热的眼睛。

仿佛看见了姬野（九州系列江南笔下角色，《缥缈录》的男主角）负着十二柄长刀朝我奔跑。

仿佛看见了路飞（日本动漫《海贼王》的主角）在惊涛骇浪中对我伸出手臂。

仿佛看见了安西教练（安西光义，动漫《灌篮高手》中的主要角色人物，是湘北篮球队教练）站在寂静的球场中央对我抛来了一个篮球。

我心潮澎湃，在合同上郑重地签下了自己的大名。

由于顾问的担保，我以为自己的各项成绩都已过关，便不再刷题背单词，只是等着面试的通知。

顾问没有让我失望。不到一个月，她就兴高采烈地告诉我，许多加州顶级的私立高中都向我抛出了橄榄枝，只等着我去美国参加面试便大功告成。顾问还特别叮嘱，要面试我的众多学校中有一所贝勒明高中，是加州最有名的私校之一，那儿的面试官杰斐逊先生对我很感兴趣。

前往美国的飞机上，我很犹豫：那么多好学校要招揽我，拒绝哪一所都不忍心啊。

我在飞机的厕所里对着镜子反复练习如何礼貌地拒绝名校招生官的好意：“非常抱歉，我知道这是一所非常好的学校，但是我认为×××更适合我……”

我对着镜子微微颔首，满脸的遗憾。

结果，我先后走访七八所学校，得到了招生老师们几乎一致的拒绝：他们并没有在申请截止日期前收到我的任何信息，所以，我连面试的资格都没有。

少数几家收到申请的学校也毫不留情把我拒之门外，因为留学顾问找到的分数线是好几年前的标准，而以他们现在的要求，我很多考试成绩已经来不及补齐了。

至于“对我感兴趣的”贝勒明高中的杰斐逊先生，我直接去学校问了，对方一脸懵态，说压根儿就没这个人。

我被那位满嘴跑火车的留学顾问坑成了“失学儿童”。

我站在那所我在国内时最心仪的高中门前，看着本该属于我的女同学，啊，不，食堂和运动场，心如在焚尸炉里七进七出的死灰。

由于初二时就决定出国，所以我压根儿没做参加中考的准备，晚上回家后上网查了查中考要背的文言文和数理化公式，我默默合上笔记本电脑，决定再多打几个电话。

我先锁定了几个看上去比较仁慈的教会学校，他们的官网上都画着大大的十字架，下面是“神爱世人”“上帝与你同在”之类的花体字，一旁还有白鸽飞翔；照片里，老师们也都挂着慈祥的微笑，一看就是特别擅长拯救倒霉孩子的天使。

万幸，其中一所学校的截止日期刚过一天，还有些许争取的余地。

我打电话给学校招生办，看着各大论坛上留学先辈的面试经历和技巧，声情并茂地讲述了自己在中国沟通不便又遇上黑心中介的悲惨历程，只希望校方能给我一个补交申请材料的机会，额外的考试测验全都无条件接受。

电话那头沉默良久之后，传来一个温柔的声音："那你明天来跟招生官面谈一下吧，我现在就帮你预约。"

那时候的我还不知道，半年以后，我会因为在学生中心笑得太大声而被这个温柔的声音训斥得狗血淋头。

我连夜准备，翻找着该学校的各种信息。从它几年前被教育机构认证、嘉奖到今年要成立的航天俱乐部，从它一直倡导的基督精神到学生的行为规范，我都背了个八九不离十，以便我在与招生官谈笑风生时自然地流露出我对学校的了解和热忱。

第二天一大早，我换上美国人常穿的短袖和运动裤，乘车来到了那所建在山顶上的学校。山顶的风儿甚是"喧嚣"，还没走出停车场，我昨晚背下来的客套开场白就被吹下了山，只剩下一个What’s up bro（"大兄弟最近混得怎样？"美国人和朋友间非正式的打招呼方式）在脑海中盘旋。

透过教学楼的玻璃墙，我看见了已经倚在沙发上等待的招生官先生。

招生官好像已经很老了，头发花白，无框眼镜周围全是细密的皱纹，但人高马大，与我握手时好像是拽着我的整个身体上下挥舞。

我晃晃被捏的发白的手，开始介绍自己，把自己被中国无良顾问坑害的悲惨经历添油加醋渲染得更加凄惨。

虽然我托福成绩不高，但幸好我的托福老师是个话痨，平时又请了外教，在他们的常年熏陶下，我的口语颇为流畅，说起故事来也不会夹杂磕磕巴巴的中文口音。

招生官点点头，不说话。

我更加忐忑，表示这所学校的所有优点我都了解，而我的成绩也不差，还出了本书，以后会尽自己最大能力帮助他人，做义工做慈善都不在话下。

招生官压住了我在书包里翻找成绩单的手："我先不着急看那个。"然后不说话。

我跟着他在校园里逛了一圈又一圈，他只是不停地跟我介绍学校的各种公共设施和教学设备，以及去年刚翻新的游泳池云云，我心不在焉只是不停点头。

终于，招生官停住脚步，低头看我："如果我录取你，你愿意和我们一起信仰上帝的爱吗？"

我看着招生官，以为自己被山风吹得幻听了。

招生官豪迈地笑："我能看出，你很努力。你英语说得很不错，让我很惊喜。明天来参加国际生的入学考试，一星期后带上你家长来参加国际生的欢迎仪式吧。记得查看邮箱，开学前要把课程选好。"

在来美国留学后的一个泛着崭新《圣经》书页味的早晨，我和全班人眯着眼睛，跟着老师一起大声朗读《圣经》，门外有几个来参加转学面试的国际生正往教室里张望。我匆匆扫了几眼，隐约能看见他们一脸的忐忑和好奇的表情，以及胸口抱着的某个奥数比赛获奖证书的红色封面。

其实，在美国留学，或者在任何地方留学都不是一件轻松的事。在陌生的环境里，不管是完美无缺的高分成绩单，还是流利的口语，抑或是十分突出的特长才艺，我们总需要一样东西去证明我们的努力。只有当我们真正认真地耕耘过，然后被学校，被他人认可时，才能轻松地说出，美国其实一点也不可怕。

我们总需要一样东西去证明我们的努力。只有当我们真正认真地耕耘过，然后被学校，被他人认可时，才能轻松地说出，美国其实一点也不可怕。

RAPID

美国学霸
到底有
多可怕？

我出国留学的前几个月里，每天都捧着一本英文原版的《哈利·波特》装模作样。

许多被中考折磨得脱了形的同学一边整理带着打印机余温的试卷，一边翻白眼："唉，出国真轻松，你看李瑞清，好像都不用学习。"

废话，我本来就没在学习呀。

那时候，包括我在内的大部分人都固执地相信，"上有天堂，下有美利坚。"它是武陵人苦寻无果的世外桃源，是穿着亚麻长裙的文艺女青年们一生一定要去一次的西藏和丽江，是大部分企图逃避中国繁重课业的人的最好归宿。

在迪士尼校园电影和微博上各种营销号的洗脑下，我天真地认为，美国校园永远阳光普照，操场上肌肉健硕的运动员每进一个球就要挥舞双臂绕场一周，皮肤白皙，金发飘飘的啦啦队妹子们不知疲倦地为几十年后的广场舞生涯做准备；男女生上课时眉目传情，放学后便通过各种聚会升华革命友谊。美国青少年们虽然三岁会洗碗、四岁会除草、五岁就能和老爹一起修房子，但全都是超级学渣加懒汉，加减乘除要靠抠计算器，写一篇五百字的作文要耗尽大半生的精力，考试六十分以上就是来自上帝的礼物。

相比之下，我从小接受中国义务教育，闪闪红星伴我成长，虽然不是学霸，但至少做数学题不用掰手指头，提起牛顿时，除了知道他是个“老神棍”之外，还能背出三大定律的定义。

去美国的飞机在跑道上开始加速，我闭上双眼，脑补着未来四年的高中生涯：各科成绩轻松完虐白人同学，并因为做加减法不需要计算器而获得老师的青睐，从此走上人生巅峰；唯一需要认真应对的是体育课，不能落后别人太多；一天坚持打八盘《英雄联盟》，毕业的时候没准还能冲上最强王者。

开学第一天，我走进教学楼，眼前一黑。

导致眼前一黑的方式有很多种，比如久坐后突然站起脑供血不足，比如……在进校门的一瞬间发现面前站着几百个皮肤土黑、面色不善的印度裔。他们虽然大都衣衫不整，蓬头垢面，嘴角上还沾着些许早饭时的咖喱酱，但眼中锋芒隐隐，目光犀利。

楼道间奔跑的全是背着厚重书包的华裔，餐厅的角落里还坐着几个埋头做题的韩裔，演算纸堆了厚厚一摞。

我晃晃悠悠地朝教室里走，一副镇上领导下乡检查工作的架势，时不时感叹一句：这美国人虽然成绩差脑子笨，但cosplay（角色扮演）学霸还真有一套，且看我日后如何把你们虐得原形毕露。

现在看来，这应该是我人生中立得最标准的flag（大旗）。

电影里像我这么说话的，大都被主角揍了几顿。

上课时，我的同学们一边打《炉石传说》一边做题，速度是我的三倍有余。上课不听讲考试不复习是他们作为学霸的基本操守，我需要做一套题才能理解的概念，他们只需要在发卷前瞄一眼公式就能轻松带入。有一次物理考试开始前，我身边一哥们儿刚刚开始一局游戏，拿到卷子时一脸茫然和愤慨：他妈的没看见我游戏都开始了吗，这考试卷是从哪里蹦出来的？他一边打着竞技场一边骂骂咧咧，十五分钟不到就把二十道计算题的物理试卷甩在了老师的面前。

他最后拿了九十五分，扣的那五分是因为老师嫌他答题过程太简略，字迹太潦草。

美国的学霸们不仅天赋超群，还十分玩命，其努力程度堪比年少白头的崇祯。一份漂亮的成绩单便是他们鸡鸣而起夜寐不分的理由。

我在AP（Advanced Placement，美国大学预修课程，适用于全球计划前往美国读本科的高中生）心理学课上认识一个韩国妹子，患有重度高分强迫症，考试低于九十五分都会难过一整天，每一张标着A-以下的卷面上都能找到斑斑泪迹。她每天扛着十几本大部头参考书上学，打开课本时纸页上荧光笔的反光在几里外都能看到。她连排队领午饭时都在背单词卡，课后刷题的同时还会给她上大学的哥哥打电话，告诫他要刻苦学习不能打游戏，凌晨三四点钟给同学发信息提问也是常有的事。AP考试前夕，她几乎做完了所有能买到的练习题，自己整理打印的复习资料就有上百页，每张试卷都被翻得毛了边。

大半个学期过去，我在学霸们的压力下也被迫加入了熬夜的队伍，一天别说打八局英雄联盟，玩八分钟连连看的时间都少有。但想要在分数上超过我的亚洲同胞们依然没什么希望，甚至当我在各科复习资料间疲于奔命时，我偶尔会怀疑我的同学们是不是在出生时就被目光殷切的父母把他们稚嫩的小手按在了数学课本的硬壳封面上，庄严宣誓：“高分啊，你就是我的罪恶，我的灵魂，我的生命之光，我的欲望之火。高——分；轻轻地张开嘴，门牙咬着下嘴唇：高——分。”

大半个学期过去，我在学霸们的压力下也被迫加入了熬夜的队伍。

一天别说打八局英雄联盟，玩八分钟连连看的时间都少有。

美国高中生
到底如何
看待性?

我之前混迹于视频网站的时候，排行榜上常年第一的还不是胡歌、霍建华卖腐集锦，而是各种尚未被封的美剧和电影。

恰好我背了一个月单词书仍然只会一个abandon（放弃。一般出现在单词书得第一页），便想借片消愁，美其名曰练习口语。我顺着排行榜刷完了《吸血鬼日记》《破产姐妹》等男女关系乱如麻的作品，发现在美国，随便一件小事都能成为男男女女交换唾液的理由，和其他人一起刷着粉红色弹幕的同时不禁感叹老外个个都是自带背景音乐的大情圣。然而他们的爱情，却比中国台湾人的玻璃心还要脆弱，往往刚过了热恋期就分手。

之前我还读过刘轩写的几本书，作为一个在美国长大的学生，他的少年故事根本就是由无数个女朋友堆砌而成的“虐狗宝典”，我至今都还记得他去和女友开房时高中老师送给他避孕套的桥段。

对于这些我出国前所了解到的种种乱象和故事，我只能猜测美国人对待感情的态度大概都是这样不谨慎的吧？

我刚开始上美国高中时，在圣经课上认识了一个学长，戴着耳钉，梳着厚刘海儿，微微翘起的嘴角和颓废的眼神好像拿着高音喇叭在对所有人宣布“我好会泡妞但是我好无聊好想死”。每当教圣经课的老太太在小声诵读着耶稣语录时，我和其他新生都捧着iPad打游戏，只有学长忙着和女朋友谈情说爱。

有一次我没带iPad上学，看着眼前比两块上等红砖还厚的《圣经》，觉得要是真跟着老师结结实实读一个小时二十分钟的“我们都有原罪”，哥们儿恐怕命不久矣，便索性凑过去看学长跟他女朋友聊天。

看了五分钟，啊，学长原来是在跟他的女朋友们聊天。

老师不知何时站在了我们面前：“你们在干什么？”

我赶忙摊开《圣经》，胡乱翻了几页：“我们在说，神爱世人。”

学长眼皮都不抬一下：“我在说，我爱她们。”

被老师训斥的时候学长冲我挤眉弄眼：“中午我请你吃饭，一块钱一桶的泡面管饱。”

中午，学长一边撕调料包，一边指着不远处正在排队的一个女生：“你看，那就是和我上课时聊天的女生。”

我问：“不是女朋友？”

学长摇头：“不不不，我们只是在音乐教室接过一次吻罢了。”

我一脸了然，美国人嘛，谁还没跟朋友亲过几次呀。

学长又拉着我看树荫下一个正在和闺密嬉闹的女生："你看，那个女生每天和我一起坐校车回家，有一次在最后一排还给我那啥了呢。"

我震惊："不会被人发现吗？！"

学长吸溜着面条："没事儿，她矮。"

我小心翼翼地问："还有几个？要不您一并都说了吧。"

学长随手又指几个方向，还贴心地告诉了我他们之间都发生了什么。

我震惊："你确定不需要报告老师，让他给你几个避孕套吗，或者让你妈给你煲点汤补补肾？"

学长说："哈哈，你别说得好像我占了多大便宜似的。其实那些女的也有不少男朋友。"

我问："那你最喜欢哪一个？"

学长苦笑："互相找乐子罢了，哪有真情实感。我真正喜欢的女生啊，到现在我还没和她说过几句话呢，连instagram（一款以一种快速、美妙和有趣的方式将你随时抓拍下得图片分享彼此得移动应用）都没互粉。"

我震惊，如此风流的浪子居然还没和喜欢的女生表白？这货到底是不是美国人？之前那几十个女生都是白泡的吗？再不表白何炅老师都要气哭了好吗。

我问他为什么，学长居然理了理刘海儿，一本正经地看着我说："面对喜欢的人，必须要精心准备、认真对待。你要是嬉皮笑脸，一副混混的样子那成何体统？”

我心想，学长你说这话的时候能不能先把头发染回正常的颜色，再把耳钉摘了，但看着学长已经大有要在泡面里洒眼泪的架势，我没说出口。

后来我又认识了几个美国女生，今天与小明眉目传情，周末却又和小强一起去电影院约会，谈论起恋爱时也是一副讥讽的模样，当某个男生经过时却突然收起二郎腿正襟危坐，脸上努力表现出不在乎的表情。

我的美国朋友们，牵过不知道多少个异性的手，可他们当中的许多人却自始至终没有和真正喜欢的人拥抱过。他们大概并不是如同电视剧里的那样随意恋爱，将感情玩弄于股掌之间，而是面对喜欢的人时太过小心，而羞于开口。

几个星期前，已经毕业的学长发了一条朋友圈，是他和他的女朋友，不过不是与他在高中里有过交集的任何一位，照片中学长剃短了头发，取下了耳钉，眯着眼睛，笑得很灿烂。

在美国，有人坐着飞机去上补习班

我，和我的中国同学，可以说是“补习班们”看着长大的。以至于上小学时，我发现我的同学们的夜生活已然被英语、语文、数学、科学补习班牢牢占据，我偶然间甚至还惊恐地发现了一个写着“思品课补习”的标语。出国之前，我又报名参加了托福培训班，每天下午都坐在小包间里一边刷机经一边跟辅导老师聊着他新买的吉他和即将举办的婚礼，隔壁的电脑房里全是愁眉苦脸大声嚷嚷着“Describe the city you live in（这句话是考托福口语的试音题目，考试前根据这句话电脑自动调整音量，届时考场内会响起各种音量的 Describe the city you live in。此处说明这些学生都在做以前考试的题）”的学生。

出国前我还跟学校的外教抱怨，说课外补习班毫无用处，是监狱，是牢笼，是劈头盖脸浇在祖国花朵上的浓硫酸。结果那位来自辛辛那提市的白人大叔大手一挥："哈哈哈哈！美国可没有那么多劳什子，享受生活最重要。"

我看着他手机相册里喧嚣的橄榄球场和如同平房般简陋的学校，使劲点头。

可是我不知道，加州是全美国华人乃至亚裔数量最多的地方，在努力学习之余，他们最大的业余爱好就是把各式各样的课外补习班开遍加州的每一个角落。在大部分超市或餐厅的门口，我都能看到挂着中文广告牌的SAT（美国高考）和AP课补习班。至于小提琴、钢琴、跆拳道等等，更是名列所有亚裔中小学生必须学会的三百个技能当中。我每天上学时总能看到几个人穿着某家跆拳道馆的背心或者某个奥数补习班的纪念衫；每逢学校有汇报演出，他们便"身先士卒"，一边表演高抬腿，一边拉小提琴。平日里上课时，他们都在做题，一放学就匆匆赶往各个补习班。每每望见他们快速消失的背影，我和我的朋友们便面带鄙夷："自投火坑还呵呵傻乐的蠢货。"

几个月前，为了应付SAT考试，我怀里抱着佛脚，手上磨着刀，在家长的逼迫下参加了一个SAT的冲刺班，每周两天，每次四个小时，教书的是个慈祥的老教授，几十年前从国内坐轮船到哥伦比亚大学，身上挂着的荣誉头衔两张名片都写不完。平日里每上一会儿课就要开始回忆过去的苦日子，讲的故事居然还颇有些莫言式的乡土魔幻主义的味道。

补习班开课的第一天，老教授眯着眼睛，指着我们面前的两本

为了应付SAT考试，我怀里抱着佛脚，

手上磨着刀，在家长的逼迫下参加了一个SAT的冲刺班。

单词书和三本SAT题集：“一个月时间你们应该做完这些。”

然后低下头喃喃自语：“会不会少了点……”

老教授大步离开，回来的时候虽然怀抱着一大堆试卷和答题纸，但脚步明显轻快了许多：“我已经发了五套真题到你们邮箱啦，记得做完哟。”

我心想，您老人家这语气词用得这么欢脱，心态还很年轻嘛，但你手上拿的是什么妖怪？

老教授把怀里的试卷摆在我们面前：“来来来，模拟考喽！”

周围的人掏出笔就开始做题，一脸木然。我冷汗涔涔，好像身边坐着的是一群用功的僵尸。

模拟考的成绩出来后，我的同学们看着眼前2300分的卷子，仍旧一脸木然。

我很迷惑，为什么只错了几道题的人还要来冲刺班。

老教授也很迷惑，为什么我这个中国人会考那么低的分数。恍惚间，我觉得老教授看我的眼神，仿佛是他在一群训练有素的小猎犬当中发现了一头猪。

我却不以为意，SAT说白了就是智商测试，考前吃顿好的把脑子伺候好了便能万事大吉。在这里补习？呵呵，我一转身就报名参加了一所美国人开的培训机构，老师主张的是看名著学英文，一个月的光景我们除了默读《少年派》的小说之外什么都没干。考试前最后一次补习时，老师热切地望着我们：“祝你们好运！”

事实证明，在光有好运却不努力的情况下，我的智商还是比较低的。用我某个学神朋友的话来说，我考得比他念初一的妹妹还要差。

我拿着可怜的成绩单，重新回到老教授的教室里，按着他的套路背单词刷试卷，老老实实做完了邮箱里积压多时的真题，一周时间就用光了两管铅笔芯。老教授也乐得消耗试卷的库存，近十五年的题目都被他翻了出来。第二次考试时，我倒也勉强混上了2000分。

再去老教授的补习班讨论大学申请的时候，恰好是他新设立的课程开班第一天，不大的教室里挤满了神情漠然的学生，助教在白板下调试摄像头，因为有人通过视频听讲。甚至有人，每周都从其他城市坐飞机来听课。我看着满屋子疲惫不堪却仍在不停做题的人们，暗自感叹，天底下成果显著的补习班都长一个样，毕竟标准化考试这东西，并非考验智商，而是在检验学生努力的程度，成功毫无捷径可走。而补习班不过恰好扮演了挥舞着长鞭推动我们的角色罢了。

身边都是
超级土豪同学
是什么体验？

出国前，我爸一边替我收拾行李箱，一边语重心长地说："儿子啊，我们家现在也算是负担得起你留学费用的小康之家了，但是你在美国可千万不要炫富啊，做人要低调，财不外露。"

我连连点头，说我保证，平日只吃清粥小菜，买东西只用钢镚儿，就连保险箱的密码都改成"我是穷狗"，可谓万无一失。

我爸老怀大慰："善！"

在美国高中"厮混"一个月后，我和我爸视频聊天。

我爸说："怎么样啊，够低调了吗？"

……

"……爸，你听过一个笑话吗，说有一个人去瑞士银行存钱，偷偷摸摸的，还对业务员说要低调点，别让人知道他有一百万，结果业务员安慰他说，先生别灰心，当个穷狗又不丢人，干巴爹（日语发音，加油的意思）。”

“哈哈哈哈，儿子，你真有才。”

我爸一如既往地没有听懂我的嘲讽，他大概没有想到，我的国际生同学们，个个都是背景雄厚的富二代。

我参加某学校面试的时候，身边就有个哥们儿操着山西口音问我：“你来美国后买跑车了没？我看那保时捷什么的挺便宜的哇。”后来和其他人聊天时，有人说起要去拉斯维加斯玩，这货立刻蹦跶出来：“拉斯维加斯？我家在那附近好像有几套房子哇，你要不住我那儿？”后来再也没见过他，不知道是不是子承父业回国当了挖煤界领军人物。

国际生里有个比我高一级的学长，顶着莫西干发型，每天穿着运动背心上学，一下课就往半山腰的篮球场跑。他喜欢收藏各式各样的球鞋，每一款签名球鞋都是他的心头好。他是我见过的第一个会在上课时偷偷上网却不打游戏不聊天，反而会去耐克官网对着新款鞋流口水的男生。他的球鞋，每双动辄成百上千美元，却从来不穿，平时还要认真保养，每天回家都要挑出几双仔细观赏，活像皇帝翻牌子选妃。有时候我嘲笑他：“你以后就靠这几十双鞋找女朋友？”

他看着我，表情认真得像是在看着他的鞋：“是几百双。还有，我找女朋友，靠钱。”

还有一群女生，全部家境优渥，其中一位以前在国内时喜欢玩网络游戏，她玩游戏不是为了下副本杀boss，也不是为了和兄弟们并肩战斗，而是为了享受花钱的快感。出国前她在那款游戏上已经充值了不下十万元，人物出场时身上耀眼的七彩光芒足以亮瞎方圆十里人的眼。我脑补着她的角色脚上镶了八百块宝石的牛皮靴，觉得自己的密集恐惧症没救了。出国后她居然直接弃坑（放弃玩这个游戏），没过几个星期居然连账号和密码都忘记了。

后来我们聊天时我劝她："别这么烧钱啊，玩点屌丝游戏多好，又省钱又过瘾。"

她说："什么游戏？"

我说："《英雄联盟》啊！"

她若有所思地点头。

事实证明，只要一个人想花钱，并且钱够多，不论多屌丝、多弱智的平民游戏都能让她一掷千金。

玩《英雄联盟》的第一天，土豪把跟随自己战斗多年的老电脑和鼠标键盘一股脑扔进了垃圾箱，并连夜网购了外星人顶配电脑和雷蛇键盘鼠标套装，然后依照传统拍照发了朋友圈。

我问："你用的是笔记本电脑，买键盘干什么？"

她说："一套摆在一起看着多养眼。"

我无言以对，毕竟人家在美国别墅的门厅比我整间卧室还大，装修得富丽堂皇，长长的餐桌顶上挂着大号水晶吊灯，就连地下室和杂物间的地板都铺着大理石。暑假时，她和老爹坐飞机出国旅游的时候买了三排的票，偌大的头等舱里就她们父女二人坐在两头遥遥相望。

对了，我还有个同学，家在北京，住着豪华别墅，最大的爱好是……摄影，专业摄影。

玩了两三年专业摄影，各式摄像头摆满了一书架却还没破产的人，我们都没资格瞎叨叨。

撇开亚洲的富二代不谈，来到美国求学的新移民当中还有不少来自中东的终极土豪。

我一个朋友在波士顿附近住校，有个迪拜来的同学，身后常年跟着四个保镖出入校园；他身上的西装永远都是量身定制的名牌，一套基本只穿一次。后来听说他似乎是觉得学校宿舍太低端，男生宿舍弥漫着奇妙的味道，还不如自家的石油闻着痛快，便包了几架飞机从欧洲运砖头，在学校附近盖了栋豪华公馆，夜夜笙歌。

如果你和我一样，买不起限量球鞋，游戏里的角色赤身裸体、只拎着一把NPC（Non-Player Character，“非玩家角色”的缩写）送的小木剑，想从欧洲搬砖到美国，没有飞机只能靠自己游泳，那么当个穷狗不丢人，好好努力，干巴爹。

如果你觉得我的土豪同学们跟你比都是渣，那么请把你的联系方式给我，我想和你做朋友。

好好努力，干巴爹。

你以为美国老师
很阳光?
其实很腹黑

来美国前，美国老师在我心目中是自由女神或自由男神的化身：他们高举着圣火为迷途中的学生指明方向；他们从不收礼，不会暗地里整人玩阴谋诡计，对学生公平和善；他们还牺牲了放学后和男生吃烛光晚餐、和妹子看电影的机会，只为了给学生做课后辅导，帮助他们取得更好的成绩。

在教会学校时，老师们虽然都年过三旬，但他们的青春叛逆期好像才刚刚开始：《圣经》都下在iPad里，看一会儿《圣经》玩一会儿游戏，劳逸结合，打《炉石传说》的时候还把战局投影到白板上以便全班学生帮忙出谋划策，参加学校舞会时玩得最疯、衣服脱得最多的也往往是老师们。好比当我怀抱着《圣经》准备向老师请教玄学精义时，本应严肃的自由男神此时正风骚地抖着长裙跳着舞，露出毛茸茸大腿的同时，还不忘问我下一张牌应该出圣骑士还是小僵尸。

我悟道失败决心入世，来到了学霸成群的巴思思高中。

转学后，课程变难，我需要老师答疑的地方也渐渐增加。

下课后，我跑到老师跟前："老师，这里有道题目……"

老师收拾笔记的速度比学生还快："Office Hour（美国老师给学生的课后辅导时间）见，记得预约，我只有周三下午有空。"

周三，我来到老师办公室，门口站满了攥着试卷的学生。

然后便听到办公室里的声音："选C啊，因为ABD都是错的，用排除法呀。

"论文？回家去吧，我把格式要求都写邮件里了，自己要学会总结归纳材料啊。"

我走进办公室。

老师穿着西装，打着小领结，桌上摆着一束玫瑰花，电脑旁的相框里是一张结婚照，是老师和穿着婚纱的"男新娘"。

我言简意赅地问完了问题就溜了出去，免得惹急了老师和后面还在排队的一帮人。

毕竟，老师的"小心眼"，我们都无力承受。

毕竟，我的历史课同学维克多的血迹尚未干透，历史老师就已经开始磨刀霍霍寻找下一个杀鸡儆猴的目标了。

维克多人高马大、豪放不羁，是学校篮球队的主力。校篮球队的主力大都有点儿自恋的臭毛病。维克多平日里吊儿郎当，上课时与同学打闹聊天或者埋头玩手机，考试时则屡屡靠着前一天晚上连夜赶制的小抄高分过关，老师的提醒乃至呵斥从未被他放在眼里，一直我行我素到如今。

某天早上，维克多大概是受够了玩个手机还要偷偷摸摸的日子，明目张胆地把手机摊在桌上，刷着Facebook（脸书，美国的一个社交网络服务网站）。

老师微笑道："维克多，不要玩手机，记笔记。"

维克多咧开嘴憨笑："老师，你不是说忘带笔记本的情况下可以用电子产品记笔记吗？我记得可认真了，你看看我打字飞快的样子，比别人都认真。"

周围一阵嗤笑。

高中老师最大的本事之一，就是在某人扯谎时无视教室里此起彼伏的嗤笑而认真地目送某人嘴里的火车跑到终点站。

老师点头："鹅妹子嘤（英语单词"amazing"的音译，意为令人惊奇的）！"

维克多在目瞪口呆表情的包围下得意地笑，继续在Facebook上聊得飞起。

学期濒临尾声发成绩时，维克多举起大巴掌："老师我考试小测都是高分怎么总分是C？！"

老师微笑："啊。因为你的课堂参与分和作业分数都很低呀。"

维克多："我记笔记了呀！"

"你没有积极举手、踊跃发言。"

我×，全班二十多号人谁不是面无表情地听讲？谁还有闲情逸致在大早上举手哄老师开心？

“而且你的作业字迹潦草，还有许多地方没有答完整。”

我×，全班二十多号人谁不是字迹或潦草，或龙飞凤舞，或者小得干脆分不清小写字母a/c/e？不会做的题目不空着等老师讲解难道还留着过年吗？

但对于维克多来说，结局已定，成绩无法更改。

很多年后，回忆起高中的轻狂岁月，维克多一定会想起老师递给他那张成绩单的遥远的早晨。

新学期开始，老师仍然微笑着跟所有人打招呼，面对各种扰乱纪律的行为也只是微笑着点点头。只是在我看来，那抹微笑已经带上了些许“睚眦必报”的冰冷味道。

大部分美国老师就是这样，他们并不像许多中国老师那样认真负责，批评学生不遗余力、苦口婆心。对于他们来说，教书只是一份工作，学生们也只是他们教学生产流水线上的一个产品，和工厂的工人们站在流水线旁边拔毛宰鸡没什么区别。美国老师们平时享受生活和教育的乐趣，碰上刺儿头的学生时便明修栈道，暗度陈仓，极少和学生当面互怼；他们礼貌而生疏，对所有人一视同仁、龇牙假笑的最大原因，其实是怕学生告黑状。所以啊，千万不要以为美国老师一派天真，他们其实很腹黑。

高中老师最大的本事之一，就是在某人扯谎时无视教室里此起彼伏的嗤笑而认真地目送某人嘴里的火车跑到终点站。

Mercury

Venus

Mars

Jupiter

Sun

Saturn

Uranus

Neptune

Pluto

他们的诗和远方，
他们的傲气，
都藏在骨子里。

孤独的你
总有 星辰作伴

金星 Venus

金星是夜空中最闪亮的星星。在希腊神话中，金星之神，是爱与美的化身。

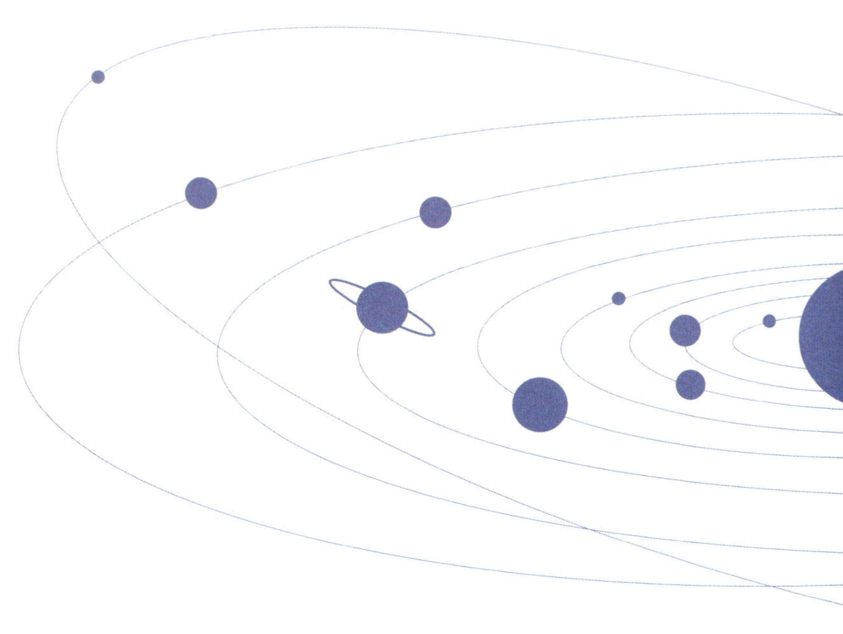

富二代留学生
都在美国
炫富吗?

在国内许多人的眼里，出国留学的大概都是成绩奇差的富二代，住在父母随便买的豪华庄园里，每天开着玛莎拉蒂飙车上学，脚蹬AJ身着纪梵希，最后能考上大学，一定是因为父母走后门送了钞票。再加上国内某些无良媒体的渲染，我常常在新闻中看到“富二代加州飙车被捕，美国警方出动直升机”之类实际上少之又少的个案，评论里则是整齐划一的批评和脑补，什么留学生从不学习，挥金如土一年花掉几个亿，或者留学生都是在酒吧里醉生梦死的混混，等等。每当我读到这些新闻和评论时，心里都很迷惑：原来我们的生活竟然如此多姿多彩？我那帮天天吃泡面，连正版游戏都下载不起的国际生同学一年能花一个亿？

看来我真是留学生群体的耻辱，毕竟在我写第一句话的时候，还上网搜索了一下“富二代常用的服装品牌”。而我身边也不乏全家砸锅卖铁供孩子出国深造的家庭。留学生们看似光鲜靓丽，但其实，每个在异国他乡努力的学生，为了不让自己失望，为了得到他人的认同，都不容易。

中国人在异国他乡最大的优势，就是从中国教育系统中磨炼出来的应试和学习能力。但到了美国，这个高中校园里认同运动和肌肉的国家，中国乃至亚洲学生们的完美成绩单却很难为他们赢得太多的认可。在美剧里，通常可以看到那些只会考试的人都被塑造成了亚裔或犹太裔，他们戴着死板的眼镜，穿着颜色单调的格子衬衫，在人群里总是被疏远和嘲笑，一言不合就会被一群肌肉男欺负。这些情节却有些许夸大成分，但美国学校的现状也差不了太多。所以，尽管你拿的都是A，但如果你在球场上没有两把刷子，还是一样没有人在乎你。倘若你能在哪一场球赛上力挽狂澜，女生们会开始主动和你聊天，在走廊里碰见那帮体育健将时他们也会装模作样地和你击掌拥抱。

不需要通过奥运会的金牌数量我们能就知道，老美热衷的运动——橄榄球、棒球、篮球这些需要身高、需要力量、需要狂跑的运动，本来就不是亚裔的强项。所以，在校园里，亚裔要努力让自己全面发展并不是一件容易的事情，不管你是不是富二代，不管你家在中国大地上有几座矿，这种压力是每一个在美国读书的亚裔要独自面对的。

记得我在被录取前到学校参观，碰巧赶上学校选拔体育特长生。这里的选拔跟国内的让你跑跑步、跳个远完全不同。几个彪形大汉（其实都是准备申请九年级的新生）要么举着篮球大小的铁饼奔跑，要么就是身上挂着手腕粗细的麻绳像猛虎扑食一样，跳上足有一米高的跳台；还有几个女生，胳膊上爬满了青筋，一边举哑铃一边发出让人毛骨悚然的嘶吼……

看了一半，我妈拉着我的手直哆嗦："儿子，人跟人的基因真是完全不一样，你还是跟他们比脑子吧。"

我转头瞅瞅正朝着教学楼走去的一群黑头发，也哆嗦："要不我还是跟他们比体育好了。"

于是，在留学美国的第一年，我就选修了体育课。第一堂课上，老师一来就让大家绕操场跑步热热身。当几个吊车尾跑到第二圈的时候，我们班那个被老师誉为"为跑步而生"的非洲裔小兄弟已经领先了他们三圈有余。至于最后的成绩……上帝作证，我活这么大第一次看见在跑步比赛里第一名能超过第二名整整一圈的。

作为那个悲催的第二名，我趴在地上一边大喘气一边看着非洲裔小兄弟平稳地呼吸，觉得自己还是去好好学数学靠谱一些。

当然，华人里也有像林书豪这样的篮球明星，但是，那毕竟是凤毛麟角。大部分亚裔还是在技巧型的项目里争取着自己的位置，捍卫着自己的尊严。例如我随乐团外出参加表演比赛时，每个乐团成员几乎都被自小开始练习的亚裔们占领了。

成绩好，是大家对亚裔的普遍认识，其实并不是每一个人都愿意做书呆子。事实是，也并不是因为学习更适合自己，更多的是因为在过去的十几年里，我们对体育的认识基本上还停留在每天早

每一个漂洋过海的同学都需要一段时间去调整，

需要调整好自己，正确认识自己在校园里的定位。

上的广播体操以及经常被班主任占用的体育课上，到了初中以后，中考的压力更是让许多人对体育的热爱停留在看NBA这类“别人运动”上了。

中国留学生想要在学校取得一席之地，从来都不是一件容易的事。球场上的努力和成功能带来立竿见影的荣誉和掌声，而我们为了成绩付出的努力可能只有自己知道。每一个漂洋过海的同学都需要一段时间去调整，需要调整好自己，正确认识自己在校园里的定位。而这适应的过程，是再多金钱都无法帮上忙的。钞票只能买来狐朋狗友，但绝对不可能换取他人的认可。

而且我认识的超级土豪同学在美国都喜欢开特斯拉，不是玛莎拉蒂。

华裔同学的老爸，多少都有点“变态”

我的朋友们，大部分都是在美国出生的华裔，个个中文奇烂无比，说英文时也带着点不中不西的口音，我常常嘲笑他们说的是地道的越南英语。其中一个哥们儿杰瑞，皮肤黝黑，眼睛大如铜铃，越南口音尤其浓重，活像是啃着越南水稻长大的。不知为何，每天上课时他状若疯狗般玩手机游戏，从不听讲，头低得可以塞进裤裆里。下课时往往是面前的文具和笔记本都光洁如新，手机却是滚烫，屏幕上布满了手指印。可一旦放学，杰瑞便瞬间变得比我尚未出生的小孙子还要温顺，手机放在书包的最底下，胳膊下夹着厚厚的钢琴谱，屁颠屁颠地坐车去上钢琴课和奥数班。每逢学校举办汇报演出和数学竞赛时，杰瑞的名字也总是高高地挂在报名表的顶端，我一度怀疑这个如此懒惰的家伙是不是精神分裂了。

某天早上七点不到，我刚刚踏进校门，便看见杰瑞如同死尸般半躺在沙发上，翻着白眼，眼看是不想活了。

我拍拍他的脸，想看看他还喘不喘气儿。

他气若游丝地说："聪明的你，告诉我，我为什么要在早上六点钟来学校参加奥数比赛？"

我说："傻了吧唧的你，告诉我，为什么要参加昨天的文艺会演，害得我们把你那份拉丁语翻译都做了。"

他一拳砸在沙发上："还不是我那虐待狂老爹。"

杰瑞的爹，和大部分ABC（American Born Chinese，美籍华人）的老爹一样，都出自那些年尚未被雾霾笼罩的清华园，戴着金丝边眼镜，是苹果公司的现役工程师，特长是能够迅速、准确地在电脑和手机犄角旮旯的文件夹里找出杰瑞偷偷下载的游戏，下班后，酒足饭饱之余，喜欢给杰瑞报名各种竞赛和表演，或者翻翻杰瑞的课本然后鄙夷地说上一句："太简单，想我当年做的题目那可都是……"

奥巴马执政第八年的一个周末，杰瑞爹良心发现，在杰瑞练完钢琴后大发慈悲决定带他去看电影，也算是拉近父子关系，享受亲子时光。杰瑞当即建了个聊天群，名字叫"我爹带我去看电影啦"，同时还十分膨胀地表示要连看三部电影后回来向我们剧透。

半小时不到，杰瑞退出了群聊，任凭我们一帮人如何冷嘲热讽，就是不回信息。

周一早上的数学课，我刚在杰瑞身边坐下，他就连说了三十多个"F——k"，连老师冰冷的眼神都没能堵上他的嘴。

我问他发生了什么，他又骂了几句“F——k”后才愤愤开口。

周日的清晨，杰瑞照例被他爹一巴掌扇起床，然后坐在钢琴前敲敲打打，练了三小时后被他爹不由分说拽上了车。

二十分钟后坐在车后排的杰瑞惊喜地发现，他老爹开车的方向既不是散发着盒饭味儿的奥数班，也不是钢琴比赛的会场，而是电影院。

买好了票，父子二人在电影院门前的咖啡厅坐下。

杰瑞说：“那个……我们就在这儿等吧……”

杰瑞爹说：“别这个那个的，我和你的数学老师发了邮件，他说你学得不错。”

杰瑞挠头，说：“呵呵，还好吧，我不会骄傲的。”

“但是我不相信，所以出了两道容易得不能再容易的题目考考你。”杰瑞爹说着就把两张草稿纸、一张试卷和一支铅笔摆在了杰瑞面前。

看着杰瑞便秘一般的表情和空空如也的草稿纸，杰瑞爹勃然大怒，当场撕了电影票。回家的路上经过奥数班门口，一脚把杰瑞踹下了车。

杰瑞没有连看三部电影，反而连做了四套奥赛题，还是数学老师根据他老爹的指示，特意翻箱倒柜找出来的高难度版本。搞笑的是，杰瑞在做题的时候还碰巧看见了正在隔壁桌上与题海搏斗的几个好友，一个是因为半夜偷偷打《英雄联盟》，猛然回头才发现爸妈早已站在身后默默注视着自己，另一个是因为连续翘了三个奥数比赛跑去和同学开泳池派对。

偌大一个兴趣班里，三人抱头痛哭。

许多早年移民美国的中国家长，大都满腹经纶，却因为语言不通的问题始终被人强压一头。现如今有了孩子，自然严加管教，只希望自己的后辈不辱没自家的名声。至于电脑游戏、电影、肥皂剧，对于他们而言，已经是很多年都没有正眼瞧过的“歪门邪道”了。

许多早年移民美国的中国家长，大都满腹经纶。

当年的高考
状元们，在美国
混得还好吗？

到美国后，我随着老爸一起参加了不少聚会，到场的尽是一些十几年前便拖家带口移民硅谷的理工科学霸。他们如今也算是功成名就，开着轿车，腰间别着全球五百强公司的员工牌，浑身上下早就没有了当年背井离乡的窘迫。

由于我对理科一窍不通，对于生意场上的种种也毫无兴趣，便被指派和他们的孩子坐在一桌。我乐得清闲，一边往嘴里扒炒饭，一边听孩子们斗嘴。

“我爸爸是清华的。”

“我爸爸是北大的。”

“我外公是清华的。”

“我爸爸是省高考状元。”

“哼，谁不是呀。”

我一口炒饭呛在喉咙里，小孩子间的斗嘴不应该都是些“激光波biubiubiu”“反弹”和“反弹无效”之类的玩意儿吗？这算是炫耀吧？北大清华？我印象中，北大清华的学子都是身背木吉他的翩翩少年，每天读完二十四史后就坐在草坪上，一边弹琴一边哼着《恋恋风尘》《蓝色理想》，任凭午后的微风吹散文艺范的长发也不整理，只是眯起眼睛对着路过的姑娘吹口哨；要么就是实打实的愤青，以唤醒全天下愚昧大众为己任。

我转过头去看，没有翩翩少年，也没有热血愤青，只见一群身材略微走形的大叔，穿着清一色的格子衬衫，戴着方框眼镜，酒杯碰撞时发出的都是梦想和身材一同破碎的声音。

饭后，为了把在酒桌上没吹完的牛都吹完，把尚未扯完的淡都扯干净，一伙人拖家带口又坐到了某个状元的家里继续聊天，说的不是四书五经、数学猜想或宏图伟略，而是育儿经和娱乐八卦，时不时还声讨一下某家超市的菠菜又涨价了。

我无奈，就连从前言辞犀利的意见领袖都开始广招天下女婿了，我还能指望这群老学霸棱角分明、群情激昂吗？

恰逢美国大乐透彩票奖金池突破十三亿，有个叔叔便乐呵呵地表示每天下班后都会去便利店买几张彩票，众人纷纷响应，不出五分钟时间，他们奖金的用途都已想好。客厅里热闹非凡，好像在庆祝十几个新晋富豪的诞生。

那位叔叔的女儿听了，立刻表示要拉着同学买二十张彩票增加中奖率。

叔叔一听，面色一整，嘴角露出迷一样的微笑，活脱儿网络小说里来自霸道总裁的不屑和嘲讽："呵呵，我告诉你啊，你买二十张彩票和买一张彩票，在数学的层面上来看，中奖率都是零。"

他女儿不服，掏出手机："你们家长都不讲道理，你看，连我们公立高中划分学区你们都要瞎参与。"

叔叔拉着女儿走到餐桌旁："你给我坐下听好。第一，我们讲不讲道理与你的中奖概率约等于零无关。第二，我们家长不是反对改革，而是反对他们的做法。他们的方案很明显不是最优，所以我怀疑政策的背后有阴谋或利益交换。"

他女儿挥舞着手机："你看Facebook群和学校发的邮件，都说你们毫无证据，无理取闹。"

叔叔从公文包里掏出厚厚一摞资料甩在我们面前："第三，你们这些学生不要看着Facebook上的小道消息就被你们的学校当枪使，在了解事实真相前不要随便发表意见！我们家长已经找到了不少更好的解决方案，资料证据就在这里。就凭你们学校那几封漏洞百出的邮件还敢跳出来丢人现眼？可笑。"

这一刻，我仿佛看到了刘文典在讲台前神采飞扬地演说，看到了北大草坪上陈独秀暴起的青筋，看到了清华北大学霸之魂在熊熊燃烧。

叔叔眯起眼睛，望着有些发蒙的我和他女儿，那眼神好像在说我们肩膀上顶着的不是脑袋而是鱼缸，然后和蔼地笑笑，又走回客厅和其他人一起讨论着要给孩子报什么兴趣班和申请大学的流程了。

我再看那群大声聊天的人，就算是谈着娱乐八卦、股票走势，也都条理分明、思路清晰，说到当年破旧的宿舍楼和几个古板严厉的老教授时更是挺直腰板、神采飞扬。但和国内的许多忙于事业而很少关心孩子的爸爸不同，他们在保留文人傲骨的同时也充分学习了美国人的家庭观：就算再忙也能抽出时间和子女探讨学业，管理家庭琐事。

聚会结束后他们便拎上聚会前在超市买的水果蔬菜，哄着孩子穿鞋上车，一如来时。但我现在知道，他们并没有被眼前的苟且彻底改变，作为十几年前的天之骄子，现如今的企业高管、家庭顶梁柱，他们的诗和远方，他们的傲气，都藏在骨子里。

我印象中，北大清华的学子都是身背木吉他的翩翩少年。

Mercury

Venus

Mars

Jupiter

Sun

Saturn

Uranus

Neptune

Pluto

这个世界的前进
需要每一种人，
不只是自己。

孤独的你

总有 星辰作伴

火星 Mars

火星的英文名是Mars，这是罗马神话中战神的名字，在希腊神话中，他的名字叫作阿瑞斯。

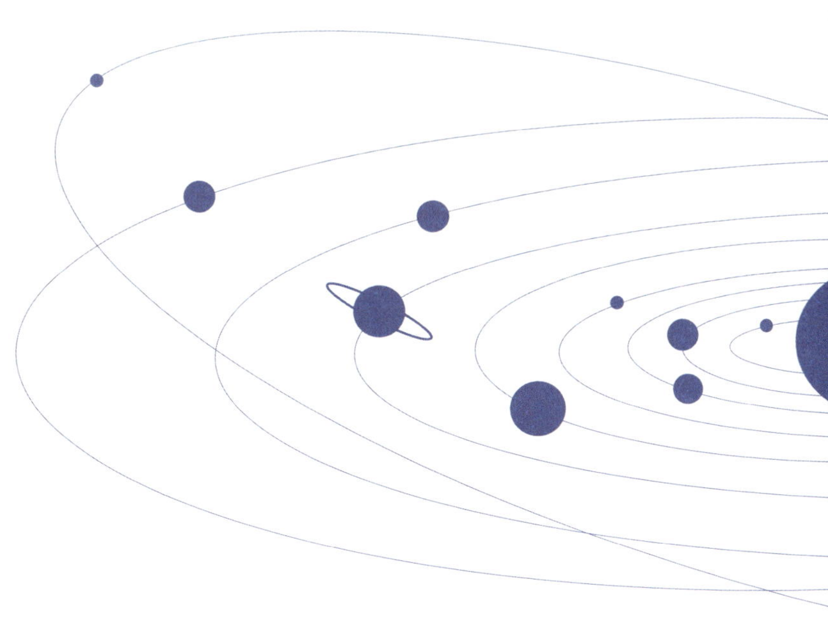

美国数学
很简单？
扯淡！

我收到美国高中录取通知书后，无论家长老师，跟我说得最多的一句话就是："千万别把美国的课程想得太简单。"然后就是一大堆以前学姐、学长的惨痛教训展览。把自己的快乐建立在他人的痛苦之上是可耻的行为，所以我只在心里偷偷地笑。

我如临大敌全力备考，因为在美国学校，华人的代名词之一就是"（理科）成绩好"，一向理科一般的我可不想给同胞们丢脸。于是，早在面试阶段，我就再三暗示招生官们，不要对我的理科，尤其是数学抱有太大期望，招生官老师也很配合地回应："我们看重的是你的特长。"

他们和善的笑容至今还深深地刻在我的脑海中，我永远都不会忘，我要随时提醒自己，不能相信考官们在面试时安慰考生的话。

招生笔试的时候，这位老师带着殷切的笑容把最难的数学卷子留给了我，然后冲着我俏皮眨眨眼。事实证明，中国的应试教育制度还是有好处的，特别是在美国。曾经在数学上被老师点名批评的我，在考场上咬碎了三个笔头，硬生生憋出了几个数学公式，以正确率高达60%的好成绩震惊了考官（是的，中美两国对于数学课好成绩的定义有些偏差）。我身旁的一个上海同学仅用十八分钟就做完了所有题目，顺便还统计了一下所有考试完成的考生的作答时间，这使得我都不好意思在他面前说中文了。

如果我没有被录取，兴许就会成为学长“惨痛教训分析报告”中一个精彩的案例：初中生不务正业，贸然出书，莽撞出国，前途尽毁。

不过，这些都无伤大雅了，因为我被录取了。

现在，叔叔阿姨们见了我都会夸道：“还是你好，勇于创新，不会死读书。”

我本以为，上了高中以后，至少要学上一个星期才会迎来我在美国高中的第一场考试。谁知，我还是低估了美国人对亚洲人数学的佩服程度，开学前几天，我就收到一封邮件，一封通知国际生的入学分班测试的邮件，潇洒了半个暑假的我立刻翻箱倒柜从某个阴暗的角落里翻出了美国高中课本和以前考托福看的阅读教材，连啃两个星期，就连考试前一天我都还在背单词。

国际生新生辅导第一天，当我看到学校提供的免费午餐后，不禁想，就算等会儿的考试再难，冲着这顿丰盛的午饭也值了。于是，我用火腿三明治、牛扒、鸡排、薯片和曲奇饼作为我在美国高中的第一顿饭。正在我们一个个赞扬学校伙食的时候，老师们适时地走了出来，打断了在场数十个吃货欢乐的气氛。

老师们和蔼地告诉我们不用担心，这次考试不会很难，内容极少……我将我手中的数学题库随手一扔，开始喝学校提供的午餐酸奶。老师接着微微一笑说："只考数学，当然我知道这对于你们来说简直是小菜一碟……"我连滚带爬地捡回我的数学题库，在周围国际生们意味不明的笑容包围里开始翻书。

当天下午，一共二十五个国际生在数位老师的带领下走向了考场。现场的考生专用苹果一体机让我心情稍微变好了一点，结果题目发下来以后我才感觉苹果、惠普、三星什么的都是浮云。三十二道数学题，我做得大汗淋漓，这时，我突然发现坐在我旁边的韩国朋友做题时一脸的轻松愉快，我满腹狐疑地瞟了他屏幕几眼，突然发现，他的题目和我的完全不一样！而且简单好几倍！我无奈地看了看我的三角函数，再看看他的平移与旋转……欲哭无泪。

原来，美国的数学不是按年级分类，而是按照代数、几何来分类，我再厉害也抵不过一下子从一元方程跳到三角函数啊。做完试卷，交给老师，老师看看电脑给出的评价，对了差不多三分之一，我心想这下栽了，忽然看见最后一排一个中国学生做的竟然是微积分的题目！而且几乎是满分！面对如此学霸，我自叹不如。老师很快就写好了我的数学分班建议，我看了看，居然是代数二的荣誉课程！错了一大半还能上快班？不知道是别的美国人错得更多，还是老师对中国人的数学潜力太有信心了。

PS：经过一年的美国高中生活后我发现，美国的数学，真的很难，比历史、英语什么的难多了！

美国女生
穿超短裙，
被男生投诉了

美国高中的特点，正如这个国家，非常国际化。一个华人面孔可能一口流利的英语，至于中文，则是半点不通，一个朝鲜同学，却会义正词严地对你宣布："I am an American！"我的新生指导第一天，就是从见到三三两两的非洲裔、白人和黄种人开始的。而身为一个黄皮肤少年，在人生地不熟的情况下，最好的交朋友方法就是找亚洲混血儿，跟他们套近乎。特别是一句"Can you speak Chinese（你会说中文吗）？"更是交朋友的金句，拉上三两个亚裔熟人，参加活动也有点底子。

经过了国际生的特殊招生环节后，我终于可以步入正轨，跟所有九年级新生一起参加freshman（新生）的活动了。这个活动是学校特意为了促进新生交流而安排的，用校长的话来说，就是"啥都不用带，只要一个快乐的态度"。但是，见识过我原来初中的食堂伙食后，我还是留了一手：书包里装了一个大饭盒，装得满满的。到了学校，新生们都三三两两地聚在一起聊天。我突然发现，带领我们的不是老师，而是“leadership club”（领袖俱乐部，一个为了培养学生领导能力而设立的组织）的学长学姐，他们每人腋下夹着几个大皮球，向我们宣布，今天的第一个活动就是把这些球打起来，不让它们落地。我本以为堂堂高中生，人高马大的肌肉男大有人在，怎么会玩这种我小学以后就没碰过的游戏？！事实证明，我还是太年轻了。我看着十几个健硕的肌肉男欢乐无比地跳起来去打那个五颜六色的皮球，突然觉得很幻灭。走进体育场，休息了一会儿，大家互相认识一下，然后我才知道，不管在哪个国家，领导都有很多话要对我们说。然后，学长们把我们带到剧院，由另外一位老师跟我们讲解学校的精神理念和规章制度，大约讲了快两个小时，最后连老师自己也说：“我也没办法，这些东西你们必须要听。”中间唯一能引起我们兴趣的就是着装制度，据老师介绍，前几年有女生穿瑜伽裤和小短裙上学，结果被大量男生投诉：因为使他们分心了，无法专心学习，所以现在我们学校的服装管得还是非常严格的，连圆领T－shirt都禁止了（学校自己卖的校服除外）。然后，我们还是按照之前分的小组，一队队地跟着学长学姐们走进一间间教室，开始玩一些能有效帮助我们互相记住名字的游戏。中午，我们吃的是In－N－Out，相当于中国的永和大王之类，但要好吃很多，尽管我自己带了午餐，但面对double cheese（双层奶酪），我还是没忍住诱惑，享受了中西双重午餐。

入学选个课，都能影响你上哪所大学

美国的上课制度与中国不同，每个学生上的课都是根据自己的兴趣和特长而定，没有固定的班级。由于当初面试的时候老师们知道我喜欢历史，会拉小提琴，而开学时又经过了数学考试的检验，所以我的课表是：圣经、英语、荣誉古代世界史、荣誉代数2、小提琴、国际生英语、男生体育和3D电影制作。美国学校的课程难度分为三个级别：普通，荣誉和AP，普通课程的满分是四分，荣誉和AP课的满分是五分，这就意味着即使你拿的是B也相当于普通课程拿了A。我本来想多选几门荣誉课程帮助提高学分，但是第一个学期只能由老师安排，十年级开始就可以自己在网上注册选课了。

在过了拿到课表的兴奋劲儿之后，我就开始思考这份课表，美国并不是只看分数，美国学校主要关注的，是学生日常的综合表现，由老师评判ABCD级。其他的课对我来说都比较有底，除了3D

电影制作，听上去好像很酷很潮，其实仔细想想就会发现没有多大用处，除非你想走的是专业道路，往好莱坞发展，我们的3D电影老师就是从皮克斯跳槽过来的。而且我擅长的是文科，电影教室里那一排排高科技的苹果电脑和各种转换设备很明显不是我能驾驭的，更何况，我英语虽然不差，但在3D电影领域相当于半文盲，我以后想申请的大学专业和未来的职业规划更是和3D一点都不沾边，学这门课我就会花很大精力在一个我用不着的课程上。所以我就跟顾问申请将它换成了相对比较实用的生物课。

每门课程的第一节课，每个老师会发给学生一份课程介绍，本门课程的规章制度，打分方式和比例，还有各种考试形式都一目了然。其中，期末考试只占百分之十五，而课堂活跃度一般占百分之十（上课开小差，偷偷玩iPad都会扣分），更多的分数来源于平时做的研究项目、作业和日常小测的分数。

在美国，一定要科学选课，不能全部选高难度的，那样很难拿到学分，就算学遍微积分、高等化学，分数低照样不管用。也不能全部选容易的，不然只是在浪费时间，大学也会认为你的课程没有含金量。还要平衡课程和社团的比重，不能一直学习不运动，不然美国人会叫你Nerds（书呆子）。大学希望录取的是体育课至少上两年，而学术成绩也很好的学生，在加州，教育部明文规定高中生必须学满一年以上的体育课。但是，也不能社交活动丰富却只能上社区大学。国内的各种讲座和出国专家都说美国人只看课外活动不注重学习成绩，其实都是不可能的。国内高考是一考定终身，但在美

美国的大学无论再怎么开明，你的大学申请和课外活动都需要以良好的成绩为基础的。

国，学生每天都必须玩儿命学习不让自己的分数往下掉。美国的大学无论再怎么开明，你的大学申请和课外活动都需要以良好的成绩为基础的。而且学分是老师决定的，在努力学习的同时还要让老师记住你，并且跟你关系不错。这都是你影响未来成绩的重要因素，写推荐信的时候也能让老师心甘情愿地在你的名字前多加几个花哨的形容词。

iPad教学确实棒，上课可以玩游戏

无论哪所学校，都会时不时搞点新花样以站在教育界的最时尚前沿。小学时，全区流行绳操，每个学生都要买一根永远都不能跳的跳绳，一千多个学生每天一大早庄严地双手捧着精心折叠整齐的跳绳在操场上跳广场舞；初中时，教育部不允许各大学校明目张胆搞学生选拔，结果正中重点高中、初中下怀，它们乐得抛弃语文、英语和历史的枷锁，取而代之的是更加明目张胆地搞数理化竞赛，一时间，市面上形形色色的理科练习册、补习班大行其道，你要是没上过数理化的补习班，都不好意思说自己是爱学习的好孩子。

到了美国，我很快发现，即便是在硅谷这个会聚了全世界高科技公司各种理科高才生（疯子？死宅？）的地方，学校也不能脱俗，不过正应了《生活大爆炸》里霍华德的一句话，“Smart is the new sexy（天才也性感）。”他们的时尚潮流当然不会是让学生拎着

跳绳跳广场舞，他们实行的是iPad教学。

按照我们学校技术部门最初的设想，上课铃声响起，全班同学都掏出苹果笔记本电脑，一排排都是发亮的苹果logo会更有气势一些，不过，由于电脑的电量续航能力有点“不忍直视”，这个宏伟的计划只能被迫搁浅。幸好，这里是加州，苹果公司总部就在学校不远处，iPad的风靡完全可以弥补学校技术人员梦想的缺憾。技术部主任的头顶上瞬间出现无数个电灯泡。

于是，开学前一周，除了正常的课程清单、新生信息指南以外，我还收到了一份清晰的iPad要求明细，包括必须32GB以上的新款iPad才达标等等。开学前三天，本应该东奔西跑穿梭于各个文具店之间的时间，我却花了大半天泡在苹果专卖店里，然后又去了学校特意组织的iPad使用辅导班，其实就是教我们如何安装学校的监控软件。iPad教学实行了快一个学期，我们都发现效果着实不错。

首先，原本沉重的书包现在瞬间“减肥”成功。其次，原来需要耗几百美元巨资购买的课本现在只要几十美元就能买到全套的电子版。平时不会的题和当天的作业也是随时随地都能在学校网址上查到。

好吧，那是老师们心目中的问卷回答。如果你闲暇时来我们学校逛一圈，就相当于参观了一个大型手游展览及其评测中心，还有真人现场直播攻略玩法。如果是女生较多的班级，你可以同时欣赏数十部美剧和现场配音解说分析剧情。有些电子工程课的学长更是肆无忌惮地在教室里《英雄联盟》五人连坐欢乐开黑。

面对少不更事的我们，老师们也有着自己的手段：圣经课老师很虔诚，她善良而宽容，面前十几台竖起的iPad和屏幕后那一张张面部表情丰富的脸，对她来说都不是事，只要在齐声朗读《圣经》时张开你的嘴巴，就能安然无恙顺利过关。

数学老师，开学第一天还很严肃地警告我们好自为之："我会在你们之间穿梭，然后随时！随时！用我这四根手指划向你们的屏幕，然后检查后台程序哟！"他竖起四根手指，面部狰狞。

结果，他苦心打造的威严招牌在第一节课上就不小心摔了个粉碎。每节课，他都沉浸在数学世界里无法自拔，讲题都像在自言自语，偶尔大梦初醒一般回过神来给我们展示他老婆孩子热炕头儿的生活写真。任眼前几个学生玩赛车游戏玩得左摇右摆，他自岿然不动。

生物老师是个严肃的知识女性，留着神似麦格教授（《哈利·波特》系列小说中的人物，是格兰芬多学院的院长和变形课教授）的干练发型。我们上课时iPad必须平放，于是几个美国同学上生物课时总会耷拉着眼皮咬牙切齿碎碎念。

什么？历史老师？呵呵，我们神勇的历史老师早已突破了"世俗老师"的枷锁，每节课手持用海绵包着的长棍，杀气腾腾地站在教室后方，指东打西。至于删游戏、删游戏记录、联网游戏挂机那更是样样精通。

老师们管得再紧，也是防不胜防，往往上课上到一半，某些神经大条的人会忘了关游戏音效或者因赢得胜利忘情欢呼，一时间，小小的教室充满刀光剑影江湖气息。每逢电竞比赛时，学校更是和

Ti5（第五届Dota 2国际邀请赛，电竞界最隆重的赛事之一）的比赛现场无二，每台iPad屏幕前都站着几个满脸焦急的学生。不过，各位同学要是真进了一所有iPad的学校，还是别把精力都放在电子产品上，无论电子书再怎么方便、便宜，无论电子游戏有多劲爆，真正能静下心的还是在晚上，窝在沙发上，浓茶添香夜伴读。

无论电子书再怎么方便、便宜，无论电子游戏有多劲爆，真正能静下心的还是在晚上，窝在沙发上，浓茶添香夜伴读。

美国高中是怎么培养独立思考的习惯的？

中国和美国高中的差距不仅仅体现在体制上，更体现在授课方法、学习方法和作业之间的区别上。在中国，历史课的作业是大量背诵年代、时间，研究各个会议。而在美国的历史课上，第一节课，老师就告诉我们历史的不确定性，并告诉我们，历史是由目击者和胜利者书写出来的。跟在中国的教育方式完全不同，在这里，我们不用背某大会的召开时间，也不用背诵某个领导人所说的话，老师只是给出一个话题，让我们自己去查各种资料，上课时让我们把一件事完整地还原。例如1916年新泽西鲨鱼袭击事件，我们每个人都查阅了大量的资料，包括旧报纸、当时的新闻、现在的纪念册等等，在课堂上不断地争论，甚至连被害人被咬的是左腿还是右腿，被害之前在吃晚饭还是在散步都要讨论得清清楚楚。碰到意见分歧时，老师会把各种可能一一列在白板上，并告诉我们，这就是历史，充满着各种争议与不确定性，而我们要做的，就是通过证据和推断，找出正确的那一个。于是，我们在无形之中学会了如何理性并且细致地研究一个历史事件。在英语课上，我们做的第一件事不是背诵单词，也不是研究语法，更不是完形填空，而是每个人选一部迪士尼电影做剧情分析，阅读《罗密欧与朱丽叶》，研究著名作家的生平、教育背景和有趣的事实（fun facts）。在生物课上，我们第一节课学的不是界门纲目科属种（生物分类学是研究生物分类的方法和原理的生物学分支），而是研究科学的方法，上帝和生物之间的联系等等。甚至在国际生的英语课上，老师还会让我们思考：为什么你们考试分数比美国人高得多却还是想要来美国留学？美国学校想要培养的，是我们的独立思考能力，独立研究能力。在中国，我们天天宣传着“授人以鱼不如授人以渔”，但我到了美国，才真正感受到了这句话的精髓。

回到最开始的问题，美国人能发自内心地赞扬你，除了他们很友好之外，还是因为他们知道，他们自己的特长所在，你擅长数学历史，我擅长画画科学，每个人都在朝着自己的目标努力，每个人都有不同的培养方法，每个人都不一样。这个世界的前进需要每一种人，不只是自己。

科学课上，老师和同学全是有神论者

在美国，基本上所有的私立学校或多或少都带着些许宗教性质，而我的学校随处可见的高大十字架，还有耶稣的肖像和印在校服上的《圣经》段落就很好地证明了这一点。最让我感到惊奇的场面莫过于第一节圣经课，老师说一句“Dear Lord（亲爱的上帝）”，然后不管墨西哥裔、白人、亚裔，还是非洲裔，正在打闹的，正在开玩笑的，正在互相扔球玩的，都迅速把头低下，不苟言笑，任由扔过来的球砸到脸上，仍然一脸的虔诚，双手合在一起，然后老师嘀咕一大堆感谢的话和要祈祷的内容，从保佑家人健康到世界和平没有战争，都在祈祷词中。我在一堆低下的脑袋中间完全蒙了，最后所有人念叨一句“阿门”，集体瞬间“复活”，刚才被球砸了的挽起袖子就要找人算账，开玩笑的继续一脸坏笑，身边的几个女生刚才祈祷时差点流下激动的泪水，现在却在大声讨论时尚杂志和麦莉·塞勒斯（美国音乐人）……不过圣经课还是有好处的，因为不管你会不会做题，只要你写一些关于上帝的正能量的话，或者抄一些《圣经》中的有名段落，我的老师——一个慈祥的老太太都会给你满分。还有我们神奇的生物课，明明马上就要研究人类的进化，讲讲达尔文，讨论讨论细胞的构造，老师却在每次上课前要求每个人都要回答或关于基督教的问题，比如："你有耐心等待上帝的救赎吗？"或者写个基督教人生感悟、心灵鸡汤，类似于"写下上帝为你带来了什么？"还给我们播放宣扬上帝造人，亚当和夏娃是人类祖先的宣传片。堂堂科学课，老师和同学们却都是正宗的有神论者！更别提数学课的教室里贴着"上帝的宇宙"的海报；乐团排练前，我的华人老师也一本正经地祈祷："主啊，希望您能保佑我的学生，并且让他们少在我的课堂上讲话，阿门！"

学校的制度，规定每个学生都必须修满四年的圣经课，相比之下，数学课只用学两年就能达到毕业要求。除此之外，每个学生还必须做社区服务，每年二十五个小时，完成后要填表上交，不然扣学分没商量。我就是在家附近的一家图书馆每周三和用一帮颤颤巍巍但是十分友善的老爷爷老奶奶一起完成了我十五个小时的社区服务。而且学校规定必须在教堂为基督徒们服务至少十个小时，所以当我摆脱了书海，又要马上接受耶稣的感召，去教堂服务人民大众。学校每周三还有集会日，说是集会，其实就是全校人在体育场里集合，由一些特别虔诚的学生歌手演唱很多教堂歌曲，每每唱到一首歌的高潮处，往往都是一千多人集体起立，还有几百人更是双手高举向天。我的数学老师就是一个鲜明的例子，每次集会他都会右手高举，左手抚着心口，口中念念有词，时不时擦擦激动的泪水，这样的场面每次都把我吓一大跳。唱完了歌，就会有一些“高人”被请到我们学校做讲座。有一次来了一个牧师，连讲一个星期，每次都让我们热血沸腾，后来，他一上场，还没开始讲，就有很多人自发地走下座位，跪在他的面前，聆听他的教诲。

在这样浓厚的宗教环境中，原本无神论的我也无法保持一个淡定的心态，偶尔跟好友一起走下座位，在体育馆中央唱唱歌也无伤大雅，千万不要不信邪地大声说“我只信达尔文”之类找打的话，几十个橄榄球肌肉男的威慑力可不是盖的。我有一个国际生同学就是这样，导致原本很友善的老师对她的态度都冷淡了许多。所以，来美国的同学，你不信基督教，没有人会强迫你，你可以选择不信，那是你的自由和权利，但是你不能批判或者以不屑的态度对待别人的信仰。

在美国，基本上所有的私立学校或多或少都带着些许宗教性质。

Mercury

Venus

Mars

Jupiter

Sun

Saturn

Uranus

Neptune

Pluto

不要做所谓的“书虫”，

而要学会自己思考。

孤独的你

总有 星辰作伴

木星 Jupiter

古罗马神话中的众神之王，相对应于古希腊神话的宙斯。拉丁语中的“星期四”，这个词也起源于朱庇特的名字。

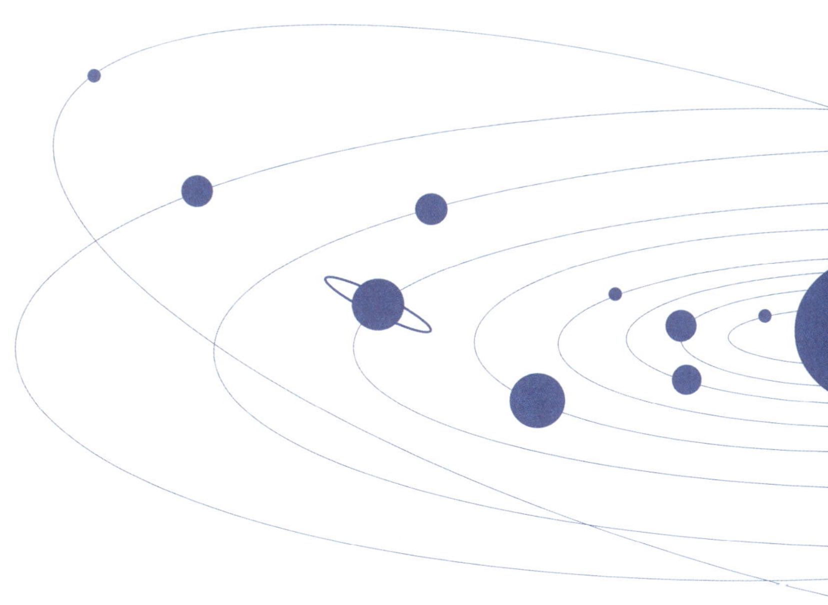

历史课，老师用弓箭“爆”了同学的头

历史课是我最喜欢的一门课，我在开学前就准备好了各种资料，还提前做了预习。高中历史的第一节课，就让我大开眼界。首先，老师介绍完一些基本事项后，便不知道从什么地方掏出了一把货真价实的弓箭！老师和颜悦色地向我们介绍这是学校手工部制作的一把弓，手感轻盈，符合人体工学等等。我还正奇怪老师转移话题的速度时，在教室另外一头偷偷交流的两个同学中，有一个已经被爆了头（我们老师射得奇准，后来我发现她的iPad桌面是她和老公打真人CS的场景），地上滚落着一支橡皮箭。在我们吃惊的目光下，老师还要求那位仍捂着头心、有余悸的家伙恭恭敬敬地把箭还回去，以便下次使用。于是，我们再看这位说话和颜悦色，爱跟我们开玩笑的老师时，目光里多了几分恐惧。不仅如此，历史老师还针对迟到、上课中途上厕所和有同学过生日这三种情况做了额外补

充：迟到的人都要戴上一顶奇丑无比全是汗臭味儿的帽子，要戴一整节课，还要被老师拍照留念；如果你中途想要出去上厕所，就必须戴上一顶挂满了铃铛的小丑帽，这样，你头顶上的“叮叮当当”就代表你要去解决生理问题；而如果有同学过生日的话，就要站在椅子上被三个人用泡沫棒抽打，除了不能打要害之外，其他部位和轻重都没有硬性要求，如果你觉得被打了不高兴，可以下课后找打疼你的人“私聊”，前提是你打得过他。

就这样，在老师种种有趣但又有些可怕的规则下，我们开始了正式的课程。在中国，初一讲的是我们的社区责任分布，各种地貌气候，以及国家的西气东输、南水北调计划。而在美国，我们的第一讲是研究历史的不确定性，并且讨论历史书写者的主观影响。在中国，初二、初三时我们在背诵共产党的成立，苏联的十月革命，毛主席的伟大思想和人大的各种细节。而在美国，老师从博物馆借了几件文物（古代文明的陶片到某个种植园的奴隶契约）到教室，让我们自己近距离观察，研究并推测这些文物的时间以及背后的故事等等，培养我们的观察能力。历史课上，老师让我们自己思考，而不是一味背诵。我们可以发表不同的见解，甚至可以说“某个总统一无是处”，而不是照本宣科。日常的作业里更是要阅读许多哲学类的书籍，写感悟，然后参加每个星期一次的哲学辩论。我们仿佛回到了古希腊，跟亚里士多德、泰勒斯、柏拉图一起围坐在火堆（我们用的是蜡烛）旁思考人生，每个人都要提一些稀奇古怪的话题，如“甘地死了能去天堂吗？”“上帝给佛教徒制定了人生规划吗？”等等。还要根据各种地图和文献回答各种主观题。历史课的大小考试中，几乎没有选择题，全部是主观大题和论文。

历史老师为了让我们能够更好地理解当年的文化环境，可谓是下足了功夫。讲伊斯兰教时，她号召全班人一起跳伊斯兰的舞蹈，唱穆罕默德的赞歌，朝麦加的方向朝拜。讲中国的道教和儒家学说时，我这个中国人亲眼见证外国人用拗口的英语诠释着孔孟之道，用长长的句子一个字一个字地翻译《道德经》，几十个美国人在现代化的课堂上摇头晃脑地对着iPad朗读英文版的“学而时习之，不亦乐乎”和“温故而知新”。我们还看着老师生涩地画出了几个象形字，如“哭”“笑”等等，让我们猜意思。这是为了让我们更好地理解汉语这种读法和结构都和英语完全不同的语言。我被老师告知不准说话，看着二十多个高中生对着“笑”字抓耳挠腮，猜什么的都有。最后，老师告诉我们，想要深入了解某个民族的文化，就要自己亲自参与其中，所以，想要深入了解道教和它的“无为”思想，就要亲自体验它的特色，也就是打太极拳。就这样，老师从YouTube（世界上最大的视频网站）上不知道哪个犄角旮旯里找出了一个看似仙风道骨的高人录的视频，让我们模仿太极拳的动作，感受所谓的“阴阳”和“无为”。老师还“很不厚道”地偷偷录像，通过一个质量超级好的iPad把我们大部分人的“丑态”尽收眼底。这时候我不禁心中暗暗感激外公外婆还有妈妈在我来美国之前，把我送到身为市太极拳协会副会长的大外公那里学了一个月的太极拳。在历史课上，老师永远在用最简单最明了最容易让人理解的方式来阐述过去。老师希望我们不要死读书，不要只会照本宣科，不要做所谓的“书虫”，而要学会自己思考，敢于反驳他人、老师，甚至是权威的观点。

对了，在学生年鉴的最受欢迎老师评选中，我的历史老师获得了全部上过她的课的学生的票数，她的照片和名字会被印在我们这一届的年鉴扉页上。

老师希望我们不要死读书，不要只会照本宣科，
不要做所谓的“书虫”，而要学会自己思考，
敢于反驳他人、老师，甚至是权威的观点。

数学我们赢了，
高科技
美国同学赢了

亚洲人，尤其是中国人和印度裔的数学好是世界闻名的。到各种数学竞赛和理科俱乐部看看，只有屈指可数的几张白人面孔，剩下的，全是黄皮肤、黑头发的亚裔。虽然我不是很喜欢理科，但是荣誉课的加分，还是很让人心动的。第一节课，是入门定位考试，看着周围一帮平均比我大一两个年级的学姐、学长，我心想如果传言是真的，我的数学完爆他们的梦想并不遥远，如果国内关于外国人数学烂的传闻是假的，我就此认栽。我一边做着题目一边惊讶地发现题目确实简单，三十五道题目半个小时就做完了，我偷瞄旁边正在埋头苦干的学姐几眼，心头暗喜。

考完试后电脑自动打分，我考了一百二十，旁边几个做了一半的哥们儿和我一起目瞪口呆地望着电脑屏幕，一脸的难以置信。我也有些难以置信：初一的数学题啊，最简单的一次函数和一元一次方程啊，你们这么大惊小怪不会是联合起来逗新同学开心的吧？事实证明，虽然我可以完虐美国人，但毕竟数学不是我的强项，面对亚洲同胞我就牛不起来了，几个印度裔和几个中国学霸一个个都一百六十以上，老师看着我们这帮亚洲人，一副“我就知道”的表情。

正式开始上课以后，只见老师先大谈特谈数学的重要性与魅力，然后告诉我们这是一门十分有难度，并需要全力以赴、认真对待的课。然后，我们开始复习分数加减法……老师一脸严肃地提问：谁会分数加减？亚洲人立马齐刷刷地举手，而美国同学们则是一脸茫然，第二节课、第三节课、第四节课过去了，上述过程也反复了四遍。我突然发现数学变得可爱起来了，或者说，是满分的学分太可爱了。

可是谁知，上到学期中段，困难出现了。美国人虽然心算速算一塌糊涂，但对于计算器的理解与使用却是无师自通，尤其是我们用的那种特别贵、特别复杂的计算器。每次上课，老师同学们都会带着孩子般的笑容从书包里掏出计算器，画图、画函数、列表，全靠它。这种一部就要几十美元的计算器和国内大部分简单的计算器可不一样，当时买它的时候售货员就笑着对我说：“它会跟着你直到大学毕业的。”所以中国学霸们不要想着经历了中国学校的数学题海磨炼，到了美国就可以傲视全班。计算器的使用特别重要，用它的时候，老师甚至要给每个学生的计算器下载专门的计算软件，检查有没有用它下载游戏，或者看看版本有没有更新，等等。每次考试，老师都要检查每个人的计算器，修改运行模式，甚至在最初的三次考试中，老师还会让全班人手一份计算器使用指南。而且，在美国，应用题占分数的小头，就算你在应用题部分拿了满分，但允许使用计算器的选择题往往会让中国人苦不堪言，而且，美国的选择题条件多，语言比较复杂，不是很好理解。据我所知，很多中国人都是一来就拿高分，然后猛掉名次，最后慢慢赶。所以，来美国的学霸们一定要有心理准备，最好在中国就买个计算器先练习练习。

上体育课，论美国为何盛产肌肉男

中国学校的体育课，地位极低，每逢大考小考，期中期末，就会被主科老师毫不留情地占用。但是在美国，每一门课都是主科，我在美国高中学习至今，还从来没有出现过体育课被英语课或者数学课挤掉的状况。

在中国，由于学生太多，只能男生女生一起上体育课，男生会特别容易遭受不公平待遇。跟女生比，男生没有太多理由请假，跑步要多跑，俯卧撑、仰卧起坐要多做，虽然仔细想想也没什么错，但是当你大汗淋漓气喘如牛还要被老师骂，而且旁边还有一群幸灾乐祸的女生的时候，内心顿时负能量爆发。但是在美国，男生女生分开上，人人平等，老师一视同仁，不会出现男生跑步，女生看戏的情景。于是，我们班经常能看到两个亚洲同胞气喘吁吁地被全班人落下大半圈，我们站在跑道终点给他们鼓掌的景象，但无论如何，一圈都不能少。对于这帮运动狂人来说，折胳膊断腿好像是家常便饭，今天有人拄着拐杖，明天有人打了石膏，上次还有人跌断了鼻梁骨，每当这时，体育老师就会欢迎他们进入“伤残俱乐部”，但就算是这样，病号们还必须绕着操场一圈一圈地走到下课铃响起。

不禁想起在中国，体育课最核心的内容基本是练习广播体操和队列，然后参加各种广播操大赛。直到现在，我还能流利地哼出各种广播操音乐，在美国，男生们基本上在这一小时二十分钟里没有停下的机会，各种运动从不间断。以至于我第一次上体育课就蒙了：

因为上体育课有专用的运动服要换，我早早到达体育课男生专用更衣室，却发现，这里没有换衣服的包间！当我看到几个威猛的白人同学豪放地一把将上衣扯下，然后开始跳夏威夷舞的时候，我心中的震惊到达了巅峰。无奈之下，我心中一边默念老爸的座右铭“到什么山头唱什么歌”，一边默默将衣服脱下。五分钟后，我混在一帮美国壮男、非洲肌肉男和一些亚洲虚胖男中走向了橄榄球场，体育课内容很简单：单数课跑1600米，双数课练习橄榄球，不过每节课都要先跑400米，然后再做俯卧撑、仰卧起坐等用于热身。看着我面前小山一般的橄榄球教练兼体育老师，我毫不怀疑他可以一个人撂倒我们全班。

等到我们一个个都满头大汗回来之后，就到了最让我无语的高潮：不同肤色。不同种族的同学们光着身子，不约而同地从书包里掏出一支支胳肢窝清新剂，一边大力涂抹，一边友善地交流关于胳肢窝清新剂的各种宝贵意见，时不时还用笔记下几个牌子。

在美国，学生们从小不做广播操，不排队列，不参加各项评比，但是，每个人，不论高矮，都是橄榄球、篮球、棒球好手，每天都在阳光下挥洒汗水，不知道中国中考加分的那些体育特长生来了会是什么样子。

每个人，不论高矮，都是橄榄球、篮球、棒球好手，

每天都在阳光下挥洒汗水。

如何在
美国校园里
“混圈子”

在美国学校，不管是在午餐时拥挤的学生中心，还是在放学后热闹的走廊，你都不可能看到像美国校园电影里全校人一边唱歌跳舞，一边吃饭的情景。虽然没有种族歧视，但是非洲裔还是只愿意和非洲裔一起，一边听着重金属摇滚和饶舌歌曲，一边聊天。墨西哥裔除了少数几个社交达人能跟亚洲人、白人打成一片之外，剩下的全都聚在一起交换着墨西哥薄饼和烤肉酱。而亚洲人则分支最多，是最最团结、最最有爱国情操的人群了。你看到一个韩裔，就代表你看到了二十个韩裔，他们永远在一起吃泡菜饭，用韩语大声聊天，他们手上始终捧着一本韩文书，或者在看韩国的棒球比赛，没有人能把他们拆散，就连我们一个韩国裔的顾问每天中午都会从办公室跑到学生中心跟韩国同胞们一起聚餐。

而中国学生的朋友圈体系就复杂且分散得多了，说广东话的是一个小组，无时无刻不在用广东话旁若无人地聊天，北京、上海的觉得自己高端大气上档次，不能埋没在黄皮肤里，于是他们经常混迹在一些白人的圈子里，但其实收效甚微。因为对于很多白人来说，运动项目和你的腱子肉就是加入他们朋友圈的通行证。每天中午，几十个穿着橄榄球队服的壮汉啃着比萨占领着一排沙发，抱着橄榄球讨论战术，剩下的白人则是分布于全校各个角落。总体来说，白人和亚洲人算是学校里比较受欢迎的。因为他们不像非洲裔，大部分都是运动尖子；也不像印度裔，言辞犀利而且十分腹黑；我们中有分数超高视微积分为无物的学霸，也有运动细胞发达的肌肉男，我们多产小提琴手，还有大量的画家，我还见过一些ABC，成天钻研各种游戏，甚至还成立了一个游戏俱乐部。

至于我，见人就加Facebook，白人、 ABC、华人我都有几个还算好的朋友，午饭跟华人一起吃中华美食，课间跟ABC聊一会儿天，下午跟白人进行中美文化交流，还算自在。一段时间下来，我发现很多国际生交朋友的误区：在中国，同学之间问别人电话号码好像是很普通的事，但在美国，一般你想追某个人才会死皮赖脸去要电话，我见过很多国际生觉得跟人家关系不错了就要电话号码，结果得罪了不少人。还有一些华人觉得不好意思跟白人说话，就去跟印度裔非洲裔还有ABC交朋友，觉得这样也算是融入美国社会了，这样一来朋友是交上了，却不算真正地融入美国文化。

印度裔看上去平时跟你十分亲热，关键时刻绝对会先把你论斤卖了。而非洲裔、墨西哥裔根本不会用心学习，一直在玩。一开始你还能学习，但是到了后来你也就跟着一起去玩了，最后他们进了一所普通的大学很满意，很多以名牌大学为目标的国际生就欲哭无泪了。

还有很多ABC，学到了美国的自由理念，但是完全没有作为一个亚洲人的觉悟，每天玩电脑游戏，熬夜玩，不做作业，对自己的要求极低。欧洲来的移民们素质偏高，对自己也有约束，而且常常会有些独特的见解，我建议可以跟他们搞好关系（但要是有种族歧视倾向的就怼死他，不要㞞），还有一些家教比较严的ABC也不错，他们一般都认识很多美国朋友，学习也不差，对华人也比较亲近，跟着他们，你很快就能融入美国本土的圈子。

在中国，同学之间问别人电话号码好像是很普通的事，但在美国，一般你想追某个人才会死皮赖脸去要电话。

美国高中生
开放?
是的，没错!

来美国之前就从各种电影、电视剧和杂志上了解到美国人都是民风彪悍，十分开放，高中生谈恋爱的不计其数。恰逢我又在A站（国内动漫视频网站阿城Acfun的简称）上看了好几部美国电影，剧情单一，画面简单：一对对高中生情侣携手作死毁灭地球，害死万千无辜群众后，毫发无损地在新世界的阳光下热情拥吻。于是对美国校园里成群结队的金发女生就更多了几分期待。

上高中之后，我成天和几个ABC厮混在一起，因为我天真地认为他们对高中校园一定颇有了解，能带着我广交好友。直到开学两星期后的某一节数学课，安德鲁和我以上厕所为由离开了教室。“哎哎，李瑞清。”安德鲁的声音回荡在厕所的小隔间里，显得格外遥远。

“干吗？快点出来到外面买包薯片再回去。”我站在门口正寻思着要不要接点水让他凉快一下。

“我们这破学校是怎么回事？我以前看电视的时候，发现美国高中生都是很开放的，见面就亲！”安德鲁悲愤的声音在门板后闷闷响起，尤其是句尾那个拖着长音的“kiss”，在散发着消毒液味道的厕所里一遍又一遍地回响。

“不，我们学校跟电视剧里的没多大区别。”我捧着刚接的自来水，慢慢靠近声音的来源，“只不过漂亮女生资源有限，而且恰好主角不是你罢了。”

我毫不手软地把凉水一股脑儿泼在了安德鲁的脑门上。

国内盛传的美国高中生的开放程度并不都是谣言，种种在中国家长和老师们眼中罪不可恕的恶劣行径对美国孩子们来说就是家常便饭。比如，一男一女，算不上很亲密，但临走前还会给对方一个大大的贴脸拥抱，男生女生互相摸脸简直就是再正常不过的事情了，起初我还对这种行为大为吃惊，加上从小被教育非礼勿视，但一个星期后，我已经见怪不怪了，哦，不就是摸脸加拥抱异性吗，多正常的事儿啊。

但是，习惯归习惯，做人要有底线，我一个五星红旗下茁壮成长、一年前还以为不论男女只要牵手就会怀孕的纯真少年，来到万恶的资本主义社会，也没有人照顾我的接受能力。一个女生上了一天的课，有点儿累，就毫不避讳公然躺在一个男生腿上，仿佛是理所当然的，并让另外一个女生和这个男生帮她按摩揉腿。我提出质疑的时候，他们还很不屑地批判了我不纯洁的思想，他们认为这只是同学间的友好举动。但是，这远远不是他们的下限。根据我长达一个月的观察，学校里真刀真枪谈恋爱的还真不少，拉手的、亲嘴的全都毫不顾忌，周围络绎不绝的路人就是空气。有些华裔，父母俨然一副清华、北大毕业生的老学究气质，可是儿子却每天在Facebook上和女同学你侬我侬。有一次我在学校的宗教集会上都看到他在上帝爱的光辉下和一个满脸横肉的女生亲嘴。别的虔诚的基督徒们也没有对他们这对“亵渎”集会的“狗男女”（我一个ABC同学原话）拳打脚踢，而是都抱以善意和理解的微笑。

这些要搁在中国，可就省事多了，男女同学在晚上八点以后打个电话聊个天就会被老师家长合力将这种“不健康的关系”扼杀在萌芽中。以至于国内很多人都会三分疑惑加上七分羡慕地问我：“他们这样败坏学校风气，难道学校不管吗？”

呵呵，这是健康正常的生理现象，荷尔蒙多了都这样。

“不会影响学习吗？”

哈哈，我至今还能想起我问校长的时候他那眉开眼笑的样子，“学习？那是他们自己的事呀！”

什么人容易被边缘化？口水太多和肌肉太少

来美国之前，我就在各种讲座、报纸和杂志的熏陶下误认为美国人人都很nice，都乐于助人，在学校里也觉得人与人之间的关系都很好，不会有被冷落的同学。但过了大半个学期，我发现，在每个班级里都会有那么两三个人是人缘不太好，上课想开小差都没人陪他聊天的。而这群人大都有着相同的特征：要么言辞刻薄牙尖嘴利，要么体育太差弱不禁风，要么天赋异禀两者皆占。跟韩裔只与韩裔交流的高冷做派不同，这帮人只能和同类聚在一起的最大原因就是几乎没人愿意搭理他们。

在美国，区分边缘化类型学生的方法很简单：看他们吃午饭时周围有多少人，如果是一两个人孤零零坐在角落里，就说明他们可能人缘不好，跟他们有过多交流时还会被别人嘲笑。有一次午饭时天真的我不顾朋友劝阻，在他们的叹息中坐在了两个以毒舌善辩著称的同学身边，结果吃了十分钟就不得不换位置，因为他们两个不停地争吵，从刚开始的《指环王》的人物设定探讨上升到了针对对方家人的各种“问候”，狭窄的桌面上全是唾沫星子。美国人最怕的就是吃饭的时候耳根子不清净（讨论他们喜欢的话题除外），吃午饭时碰到瞎扯淡乱喷人的更是躲都来不及，怎么会跟这些的人交朋友呢?

其实以上种种现象都归结于他们不会说话并且太过于傲慢，常常一句话就让老师和同学下不了台。在美国，人们崇尚的是人人平等、谦逊地为人处世，就算是一些贵族出身，喝茶都用印花小瓷杯的欧洲同学，也从不盛气凌人。所谓贵族、绅士的骄傲并非浮于表面的傲慢，而是高尚的精神和优雅的谈吐。

而另外一种被冷落的学生就有点儿冤枉了，他们交不上朋友的原因很简单：体育不好。在美国学校，你橄榄球、棒球、篮球、足球一概不懂，NBA、NFL、MLB的球星球队一问三不知，美国的肌肉男和健身女狂魔们是不会在乎你数学多好，物理多牛的。看你跑步气喘如牛的样子，就注定你们今生无缘了（我不禁庆幸我是个跑步好、篮球还行的文科生）。所以，来美国之前就冲着人缘好这一点也要加强身体锻炼。毕竟，像《心灵捕手》或者《美丽心灵》中那样耐心宽容的良师益友还是少数。

其实，在美国学校不想被冷落，最重要的还是找准你们学校的流行兴趣点，比如我们学校流行的是体育，没准儿你们学校流行的就是娱乐八卦，所以找准了点再跟投缘的朋友进入几个大朋友圈子，平时要平易近人，说话做事给自己留下余地，就不会被边缘化了。

在美国，

人们崇尚的是人人平等、谦逊地为人处世。

他们要上哈佛还是
社区大学是他们自己的事，
谈不谈恋爱
也是他们自己的事。

太阳 Sun

在希腊神话中，太阳之神代表着光明。传说他每日乘着四匹火马所拉的日辇在天空中驰骋，从东至西，晨出晚没，令光明普照世界。

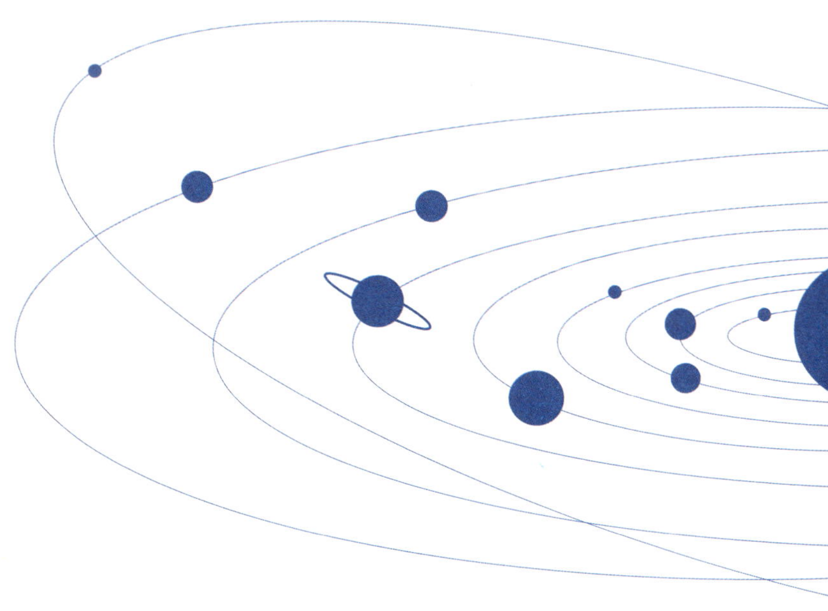

“美国政府倒闭了！”“关我什么事？”

由于美国政府在国际上向来扮演着老大的角色，任何事情都要亲自过问，各种纠纷都要出面干涉，不免给我们造成“美国民众都很关心国际局势”的假象。

当然，我住在相对悠闲一些的西部，在华盛顿、纽约那种政治、经济中心可能还是有不少关心时政经常上街游行的愤青。但是，在高中，从学生到老师，还真没几个关心时政的。世界上哪里金融体系崩溃，又或者哪个国家发射了某种导弹，他们一概不关心。

前段时间，美国政府倒闭，公职人员都卷铺盖度假去了，结果全国上下欣欣向荣，一团和气，没有任何一点异常。反倒是我这个来美国不到半年的高中生在大半夜看到这个新闻后吓得要命，第二天早上还犹豫着到底要不要上学呢，结果到了学校才发现一切正常，同学们仍然和往常一样三三两两地躺在沙发上或者趴在地上赶论文，玩手机。一上午下来，我还期待着老师会提醒我们一下要注意安全、关注政局变化之类的，结果老师们压根儿好像不关心这事儿，就连日常祈祷的时候也没为白宫里可怜的官员们祈祷哪怕一句。他们玩得不亦乐乎，我却快被搞得神经衰弱了，到底是我太胆小还是他们神经太大条？

午饭的时候，我终究还是没忍住，询问周围的同学："你们的政府倒闭了，你们难道不知道？！"那哥们儿满脸的不耐烦："关我啥事？不就是政府倒闭了吗？多大点儿事儿啊？"搞得我完全不知道怎么接话。只能猛点头，表示我也是这么想的。放学回家的路上，还是能看到照常巡逻的警车和飞速奔驰的消防车。我还特意上BBC（英国广播公司）和CNN（美国有限电视网）查了查看看是不是国内的微博头条把我蒙了。

美国国母米歇尔去中国访问的那一周，我心想这怎么也能上头条了吧，就问同学知不知道他们的国母远渡重洋去亚洲了，结果换来了一个大大的白眼加上一句"她公费旅游和我无关"的回答。对于美国高中生来说，学校就是一座美好的象牙塔，我们身在其中，由学习、游戏和各种体育活动组成我们的生活，至于政治，我们宁可讨论柏拉图和苏格拉底的恩怨情仇都不愿进行国事商讨。

美国高中生就是这样，他们可以为了世界的"有和无"争上一整节历史课的时间，可以用一整节自习课来讨论篮球明星的各种进球纪录，却不愿意在国家大事的讨论上浪费一秒钟。前不久我们要填写未来的志向，我采访了至少五十个人，从普通的工程师“程序猿”到奇葩的大脑解剖医生，甚至是职业游戏玩家，就是没有一个愿意从政，对他们来说，“政治的旋涡 ”太可怕，还是当普通而快乐的社会一员更简单、更舒坦。

“政治的旋涡 ”太可怕，还是当普通而快乐的社会一员更简单、更舒坦。

美国加州有弱势群体吗？有，白人！

许多留学生在出国前都会担心美国人是否会有种族歧视，而国内的一些书籍也大肆宣扬美国虐待黑奴的那个黑暗时期，甚至在一些早期旅美华人的书里，都会时不时地提到美国人对待亚洲人和非洲裔的种族歧视问题。而这，也是许多留学生家长担心的问题。

其实，就拿我身处的加州来说，华人、印度裔几乎随处可见，有些地方甚至比白人还要多。白人想要在加州歧视亚洲移民，跟找死没有太大区别，你以为二十世纪八十年代华人黑帮的西瓜刀真是用来切西瓜的吗？硅谷里在各个高科技公司之间穿梭的那些放荡不羁、桀骜不驯的电脑高手大多是华裔，大街小巷里每走几步就能看见一家排着长队的中餐厅。有一阵子，由于亚洲人太会读书以至于加州大学各个分校里亚裔数量超过了百分之四十，州议会里就有不知哪个“二”到家的议员提议提高亚裔学生录取门槛和降低亚裔学生入学比例。结果全加州的华人立刻团结起来发起投票抗议，硬生生地迫使政府把这个提案取消了，亚洲人民在加州的实力可见一斑。近几年来，随着亚洲，尤其是中国的移民和留学生们蜂拥而至，白人在加州更是弱势了许多。现在到了美国，国际生家长们担心的反而是自己的孩子自信心爆棚怎么办。上周上历史课，老师问我们已经消失或者灭亡的古代文明有哪些，在一片“波斯”“古罗马”“古巴比伦”的回应中，一个白人蹦出了一句“中国”，全班瞬间安静下来，用小学生作文中的话来说就是“连一根针掉在地上都听得见”。全班二十五个人里的十八个华裔都转头用锋利的眼神直穿他脑门，一下课，他刚出班级的门就被一个华裔壮汉揪着衣领拖到一边狠狠揍了一顿（我们学校是一个和谐的学校，这次纯属意外）。所以说，国内的家长们大可放心。

至于以前被传得很惊悚的歧视非洲裔问题就更是无中生有了，当然，东部的情况我不太了解，但是在我的学校，非洲裔可是体育尖子大户，跟白人见了面就又是击掌又是熊抱的，许多非洲裔在学校里完全就是风云人物。

最后，家长们还要提醒自己的孩子到了美国后不要歧视白人……随着我国人均GDP越来越高，出国旅游的也越来越多，孩子见的世面往往都会多于常年缩在一个小镇上的美国同学。前天，还有个白人问我中国有麦当劳么吗，我淡淡回一句：“麦当劳有馅饼、油条，肯德基有牛肉粥和炒饭，必胜客有焗蜗牛和海鲜饭，美国有吗？”他一脸挫败地缩回了座位。据说，后来他连续三节课没敢跟任何亚洲人说过话……要出国的同学注意了，不要跟我一样。

情人节全校表白，美利坚教育局不管吗？

当初听说我要去美国读高中时，几个无良死党就两眼放光：“争取早日泡个洋妞儿为国争光！”而亲戚们的反应却是不同程度的担忧：“到美国可别学坏了去搞什么不正经的早恋啊。”在各种国内报纸和美剧的熏陶下，美国人的开放形象已经在我们的脑海中根深蒂固了，似乎在美国无论是邻居街坊还是同事同学，甚至是好朋友，都是潜在的恋爱对象。到美国学习了一个月后跟死党Simba的第一次微信聊天，收到的第一条信息就是迫不及待的“发个美国妞的照片来给我瞧瞧”。于是我精选了校内女生扮丑集锦的前十名给他发了过去。从那以后，他跟我的关系从无话不谈变成了我们聊天时他绝口不提女生，他自己说早恋不好，可字里行间流露出的渴望和他发给我的校园女神照片都清晰地证明了一点：无论在哪里，青少年的荷尔蒙都不安分。

在高中生们“两耳不闻窗外事，一心只背教科书”的国内尚且如此，那么开放的美国可以让中国的学生们惊呼：“这样都可以？！”（自行想象周星驰惊讶的表情）；让老师们想抱着一箱润喉片给每对情侣做思想工作；让德育主任们想抄起板砖拆散有情人……可是，这是美国。对于美国高中生来说，情人节是仅次于圣诞节的重大节日。每逢佳节，学校里张灯结彩人头攒动，校长亲切地走入基层慰问学生代表：“玫瑰花和巧克力负担得起吧！苦谁不能苦情侣！”总之，是你能想到的最和谐的画面。而我，就在这种甜蜜和谐的镜头中啃着玉米棒子，做一个不解风情、无意中闯进镜头的路人甲，而且是个没见过世面，被眼前的狗血剧情亮瞎了眼的路人甲。

情人节那天，刚到学校时我就敏锐地发现走廊里都是满脸忐忑的男生手持玫瑰花和系着丝带的巧克力礼包，嘴里念念有词。凭借着我当了六年小学班长的经验培养出的敏锐嗅觉，我有了一丝不祥的预感。果不其然，第一节生物课上，一个全身背满了花篮的女生走进教室，从书包里密密麻麻的小字条中抽出一张，十分坦然地对一个女生说：“Jack说他喜欢你。”然后全班同学发出起哄的笑声。

“哎呦，不错哦。那我们接着看DNA的结构……”

严肃的生物老师罕见地笑了一下，然后继续在那收到礼物的女生羞涩的笑容中讲解着生物科学。

慢着！这个时候，难道不应该是老师的怒吼加上同学鄙夷和暧昧的小眼神，开足火力把这个女生打成马蜂窝吗？为什么老师还在淡定地讲解实验？为什么同学都是祝福的眼神？还有为什么学生会特别安排个人负责在课堂间穿梭帮男生给女生送花的情人节快递员？！美利坚的教育局呢？！德育主任呢？！我们需要你们的时候你们去哪儿了？身边的同学拍拍我："你要是真的看不下去他们秀恩爱……"我迅速转身，心想同志我可算找着组织了，我等你等得好苦……却发现他一脸坏笑地看着我说："你自己也找一个啊！"不得不说，美国人还真是一个特管闲事儿的种族。我跟一个女生聊天，她把饮料忘在地上就往外走，我拿着饮料往外追时，至少三个人给我鼓掌，四个人大喊："GoGoGo！"还有一个活雷锋给我递玫瑰花，第二天"活雷锋"见我的第一句问候就是"搞定那妞儿没？"他的热心换了我一巴掌的鼓励。

午饭时，我艰难地穿过人群，因为大部分人都拉着手。走进ABC的午饭圈子坐下，心想这帮闷骚的宅男总不会有那闲心吧，结果头上的柜门"咈"一声关上，一个最闷骚的同学身穿不知什么时候换上的西装，手持鲜红的玫瑰，对我们大吼："祝我好运吧！"然后就自信地回头，冲向了远处。对于每个美国学生来说，在高中谈恋爱还是比较正常的事。"看到辣妹，喜欢就追！"这是一个跑1600米都会吐得不成人样的ABC亲口对我说的。美国的家长们认为孩子有追求人生幸福的权利，他们要上哈佛还是社区大学是他们自己的事，谈不谈恋爱也是他们自己的事。我们学校一个清华、北大老学究都对他儿子和一个女生的浓情蜜意视而不见。但是我个人觉得那位老先生想把那女生撕了的心都有……而留学生嘛，是要拼好大学的，要么找个学霸男女友一起奋发图强，要么还是自己老老实实地在家啃书吧。情人节这种高档产品，咱消费不起。

两天前，Simba远隔重洋再一次发起了无畏的尝试：“情人节泡到妞儿没？漂亮不？也给我介绍介绍啊。”我呵呵一笑，在巧克力堆和红色玫瑰丛中把女生扮丑集锦全集给他打包了。听着旁边传来的一阵阵祝福和“Bravo（干得好）！！！”心里暗暗佩服自己在美利坚的第一个情人节，还真是万花丛中过，片叶不沾身。

美国的家长们认为孩子有追求人生幸福的权利。

中国学霸
完爆
美国名校老师

电影《中国合伙人》中，主角们时时挂在嘴上的一句话就是“征服美利坚”，可当他们成功时早已人到中年。可在我的高中，一位来自上海的学霸，戴着一副濒临支离破碎的眼镜，背着老气的书包，吊儿郎当地就完成了“合伙人们”多年未成的愿望。当他还处于邓超在美国四处碰壁打零工的年纪时，就已经实实在在地征服了所有教过他的美国老师。

中国人的传统优势向来就是一纸漂亮的成绩单。有时候，成绩好的人大多会有些傲气，而那些成绩尤其出众的，便会产生“我的智商比爱因斯坦只差一点点”的想法。于是，当这位学霸一到美国就在八门AP课上轻松拿下全A后，很快就得到了所有国际生的尊重。

可当我们这群新生用崇拜的眼神望着学霸的时候，他只是眯起眼睛，面朝夕阳，随意地摆手：“这都是小事。”

在学霸眼里，八门功课全A什么的全是小儿科，这种只能靠纸面实力压制对手的全都是虚张声势的渣渣，只有在精神层面上把老师们搞疯才是学霸的真谛。

不料几天后，不知道是跟女友分手，还是哪一次小测只得了99分，学霸的心情突然很糟糕，每天都阴沉着脸，目光凶狠。搞得我很想送他一把经典港产菜刀作为生日礼物。

后来某节国际生课上，在学霸接连咬碎三个棒棒糖后，我们终于搞清了事情的经过：学霸是国际生，所以校方规定他只能上普通级别的英语课程，于是学霸兄每天都在哀叹自己身边坐了一群不学无术的傻×，更让他气愤的是他居然跟这帮傻×受到了同等级的待遇。

“我身边那帮废物不懂的问题难道我也不懂吗？凭什么要对我也解释两遍？”

学霸很生气，后果（好像）不严重。因为他英语课的老师乃斯坦福大学毕业的天之骄子，自有一套教学方法，对于学霸的意见只是微微一笑，表示知道了，她以后会注意的。

然而这种态度在学霸眼里无异于“好了好了老娘知道了，所以你滚一边玩儿去吧”。

“你们等着，看我给你们玩一票刺激的。”

学霸说出这话的时候，还真有点黑帮头目的气势。

虽然他叼着棒棒糖，身上还罩着一件印着“××中学”字样的大外套。

两天以后，那位斯坦福毕业生大发雷霆地冲到了国际生自习室。

因为学霸实在无法忍受老师的折磨，自己逃离了教学楼，一边呼吸着山顶的清新空气一边起草了一封态度诚恳、言辞刻薄的投诉信。

老师们联合起来，同仇敌忾，喝令学霸赶紧写一封检讨赔礼道歉。学霸点点头表示知错了："老师对不起，在中国最讲究尊师重道，请允许我用最古老的中文句子表达我对你们的歉意。"

老师们点点头，表情很享受。

"看我怎么玩儿你们。"

我们坐在底下的都默默关掉了耳机里的音乐，表情也很享受。

"侧那（上海骂人话）。"学霸深鞠躬。

然后稳稳落座，铺开文具，在草稿纸上行云流水。

学霸写完大作后发给我们一一传阅。我看过之后心想，古代要人命的奏折也不过如此，文字优美，寓意深刻，每一个标点符号都是让老师龙颜大怒的节奏。学霸把检讨书写成了一篇马克·吐温式的短篇小说，检讨自己的同时还不忘暗中讽刺老师的英语恐怕是幼儿园的炒菜阿姨教的。

那老师不愧是斯坦福毕业的，倒也颇有几分名门风骨，当即跟学霸约定，他可以不用来上课，但是考试作业等必须全部按时上交。

学霸眉开眼笑，连连点头。

学霸每逢英语课便游荡在校园之间，买零食不用排队，看视频不会卡顿，就连上厕所也可以优哉游哉地使用他最喜欢的小隔间。

当然，考试他照常参加，名次稳定地保持在全班第一；论文、作业都按时完成，只不过他的文章里总能看见英语老师的大名紧紧挨着一些类似于“学历可疑”的形容词。无奈他写得实在是滴水不漏，所以老师只能扣他三四分，并附上“举例单一，证据不充分”的评价。

当然，用我爸爸常挂在嘴边的一句话来形容，就是“没有那个金刚钻，别揽那个瓷器活”。你如果在学术成就上无法追上学霸，那还是老老实实地坐在教室里听课吧。人家可是十一年级就收到了许多美国名校的邀请信和面试通知，屠遍中外考场的同时还先后交了四个白富美型的女朋友，可谓是真正的人生赢家。

有相同经历的同学请加我微信，我要收集大神签名。

美国寄宿家庭
可以有
多奇葩?

来到美国留学的国际生们，住宿问题基本上只有以下几种解决办法：家长过来陪、住校或者找个寄宿家庭。我的高中不提供住校服务，所以国际留学生们大部分会选择找个靠谱并且让家长放心的寄宿家庭。在国内，大多数家长都和当初来美国之前的我一样，中介公司就是唯一的资料来源。加上之前各种媒体轰炸式吹捧，大部分人都以为去了美国，寄宿家庭随便挑一个都是名牌大学终身教授，还特别慈祥，最后随便写个推荐信就把你保送进常青藤了。可你只要Google一下，就会发现，至少前二十页（本人亲测），都是痛斥寄宿家庭的，从寄宿家庭养的奇特宠物（蜥蜴、蜘蛛等等），到寄宿家庭里的小孩爱告状，再到寄宿家庭限制学生的吃喝费用……半个小时的探索，你会看到刺激程度不亚于史蒂芬·金小说的学生们和形形色色的住家们斗智斗勇的传奇经历。以下是几个比较经典的：

某同学，叫他John（等于小明）好了，心血来潮想在美国住家那儿找找感觉，体验一下纯正美式生活。他心目中的美国homestay（在当地居民家居住的时期），男主人英俊潇洒，一身结实的腱子肉，是个运动爱好者外加电脑高手；女主人善解人意，应该是个金发飘飘，在公交车上都能甩人一脸的大美女。上学期间，早餐是麦片、牛奶和新鲜水果，晚餐顿顿都是火鸡、牛排，周末去锻炼身体，四处逛街，其乐融融。谁知，刚见到住家的一瞬间，所有的幻想都破灭了，男女住家和长相先毫不留情给了他一记闷棍：男的不能说丑，却也不是丰神俊朗，而是一脸大胡子，带个墨镜，活脱儿一个黑帮打手；女的长得还行，表情却像是谁都欠了她八百吊大钱。到了家，John还没安抚好自己脆弱的心灵，就再次挨了一记重拳：跟传统的美式别墅不同，迎接他的不是干净整洁的厨房，不是欢叫着扑上来的小狗，而是五个来自世界各地的国际生……男主人不是电脑高手也不是运动狂人，跟他的女友一样，两个都是肥皂剧和脱口秀爱好者，志同道合的两人每天都诠释着“沙发土豆”的含义。两人每天窝在家里，是正宗无业闲人，靠着祖上留下来的房子收养着一屋子的国际生维持生计。他们还很有心地把原来的大卧室隔成了一个个小房间。至于吃的，麦片倒是有，面包、三明治也是John他们最基本也最常见的食物，早餐时面包抹花生酱，中午抹蓝莓酱，晚上抹草莓酱，至于烤鸡、牛排，一样也无。周末，住家的计划是睡觉—看电视—吃快餐—睡觉。想出去玩？还想打篮球、橄榄球？哈哈哈，这个笑话真好笑。美利坚地广人稀，想自己打车出去玩都不行，走路至少要两个小时，差不多能走一半（大都市除外）。而来自住家的最后一击，对John来说相当于被一根狼牙棒做了肠镜（某人原话，我改得文明了一些）：受够了冰冷的面包，想要用微波炉？加钱。想要试试美国的爽口冰激凌？加钱。想出去玩或者上补习班让我们接送？加钱。没钱？呵呵，鸡蛋都没有，不过你的勇气着实让我佩服，我给你做个面包抹番茄酱吧。甚至有一次六个住宿生合伙买了一盒冰激凌放在冰箱里，还被如狼似虎的住家分食了。

所以，家长们、同学们，想要试试寄宿家庭的话，一定要亲眼看看住宿环境，有什么要交代的提前说，上学期间频繁换住家对学生的影响还是比较大的。住宿期间，利用高科技，比如微信，学生可以多跟父母视频聊天，父母最好跟住家留个方便的联系方式，别留那种一万年都不查一次的邮箱。

除此之外，我上面的例子是由好几个不同的同学组成的可怜的John。美国许多住家还是非常友善和积极的，也许会有这样那样的缺点，但是只要搞好了关系，他们的热情会让你招架不住。你也会发现，美国人都有非常单纯可爱的一面。写文章之前，我给John的人格之一发短信，那个女同学的住家是车迷，每周末都带她去看形形色色的车展，搞得她看见轮胎都会过敏，她天生丽质，却是一个败给自己的吃货本质，我问她为什么不换个靠谱一点儿的住家时，她笑笑说：“没办法，他们做的饭太好吃了！”

一堂历史课，惹毛了两位校长

我们那位大神级的女版“鹰眼”历史老师似乎是将美国人敢玩爱玩的优点无限放大了。而我们这帮人在半年时间里先后经历了被弓箭爆头，被玩具手枪爆头，被海绵棒爆头，被白板笔和各种铅笔及纸团爆头之后，我们的神经已经无比大条，要是我们的老师早生几十年，二战估计不会打得那么辛苦。三个历史荣誉班里加起来六十个同学，真正体现了“静若处子，动若脱兔”的含义，文能讨论柏拉图、亚里士多德，武能徒手接各种暗器，现在看见老师的箭飞过来，连当初最文弱的女生都能一声虎吼把箭拨开。在我们渐渐地习惯了历史老师的节奏后，我们不甘寂寞的历史老师在讲完罗马后，隆重推出了一款新游戏：罗马村庄模拟。

这个游戏大概就是让每个班的人各司其职，模拟一个小王国，可以去攻击别的班级，也会被学生会那帮整天到处晃的学长攻击。

二十个人里有等级最低负责战后打扫卫生、给别人端茶倒水的农奴，也有等级最高的国王王后，还有三个负责救活伤员的僧侣，以及充当肉盾、浴血沙场的骑士，对了，还有类似于中国太监的小丑，任务是逗我们笑。而农奴想要升级，有两种办法：一个是在战斗中靠着自己的神勇打动国王，或者是另外一种可行性极高、简单易学的方法——嫁给一个骑士。每个人都有一条红线，代表着自己的生命，失去了红线，你就挂了，坚持到最后的人，期末考试有加分。当然，我们的老师是裁判，也是Mother nature（大自然），换句话说，她随时可以用一场瘟疫干掉所有人。

实行这游戏的第一周，就惊动了两位副校长，惹怒了一位主任，还吓坏了四个老师。我们第一次进攻学生会的时候，五六个人高马大的十二年级学长直接堵住了门口。于是，一场本该在教室里发生的战斗转为了走廊里的混战，那天，据说喊杀声、惨叫声穿透了整栋教学楼，呼啦圈、水枪、木剑、盾牌四处乱飞，还不知怎的拆下了一块白板……这次进攻的后果是游戏内测有漏洞，暂停一个星期。结果就在前几天，在我们写论文的时候，被几十个学生会的人包了饺子（俚语，瓮中捉鳖的意思）。他们冲进来后历史老师直接锁上了门，然后就是更为惨烈的二十分钟的厮杀，很多写了一大半的论文被撕成了纸屑，有人被一刀砍趴下，更惨的是有人差点被绳子活活勒死，结果那个不知轻重违反规则的同学在下课后跟“大自然”进行了十分钟的长谈，出来时眼神空洞，身上有灰尘，.脸上、额头上有可疑的红色印记。负责打扫卫生的某农奴花了半个小时才终于把散落一地的武器、子弹和几十个纸团收拾好。

下周，在历史老师的支持下，我们又将开始战斗种族的征程，日程安排是这样的：周二，中午进攻代数课，下午侵略化学教室；周四，早上扰乱英语课堂，下午去妨碍几何课考试。正是在这样你来我往的“厮杀”中，我们不知不觉就记住了罗马周围小村落的规模、制度、阶级、进攻方式等等。当然，最大的好处就是每次历史课都能活动筋骨，要么打别人，要么被打，期末的加分已经没人关心了，我们享受的是一次又一次实践所学知识的过程，甚至是打扫卫生的同学，在某一次动用现代高科技——吸尘器之后，还差点被一场瘟疫夺走年轻的生命。

为什么我的眼里常含泪水？因为高中作业太多

在国内，大部分同学在知道我要出国时，都羡慕地对我说："你就好了，脱离苦海，到美国作业少，还没有高考。"似乎大部分人都认为，出国留学就能逃避国内堆积如山的卷子和千军万马过独木桥的高考，还能在美国随随便便就混上世界顶尖大学，好不惬意。

结果，我不是第一个谣言受害者，也绝对不是最后一个。开学的第一天，我就惨遭打脸，乐团排练的时候，一位十一年级学长和乐团老师的对话就狠狠一巴掌把我打回了现实。只见那满脸胡楂儿的学长从上课起就把头耷拉在大提琴上昏睡不醒，时不时发出阵阵凄惨的呻吟，而那老师竟然不恼，只是用一种让我们这些新生心寒的同情的目光注视着这位酣睡的学长。过了半晌，学长才悠悠醒转，老师无奈地望着他："昨天作业写到几点？"学长随手比画了一下："两点，最后实在熬不住了，还欠了两篇论文呢。"我背后冷汗直冒，不知是因为他的作业量，还是因为他说这话时那种习以为常的口气。

生物课上，老师毫不留情地公布了每节课一小考，每周一大考，外加各种实验册和项目的学习日程；数学课上，我得知不仅有课堂小测，还有网上各种学习网站上五花八门的考试，"数字化教学嘛！"数学老师满面春风地笑；体育课上，刚结束1600米长跑的我们还满头大汗，就看见教练很潇洒地挥了挥满是老茧的大手，说："对了，你们网上的二十个章节记得自学啊，每章后面的小测别忘了做！"我们的泪水还没流出来就被他下一句话给吓回去了，"我的课，每个学期要交三篇论文，一份研究报告和做一个小演讲。"英语课上，老师很和蔼，我们很放松，后来我们才知道，美国老师长得都很"和蔼"，英语老师本着不鸣则已一鸣惊人的原则，说了一大堆普通的课堂纪律后，翻箱倒柜找出了一本厚厚的大文件夹："这是你们本学年要做的项目和论文一览，也不是很多，平均每周一两个。"

……

经过了一个学期的洗礼，我经历了半夜玩命赶出三篇论文，第二天马不停蹄秒杀项目，下午还要完成演讲加上表演的双重考试，有时候体育老师心情不好，我们必须咬肌绷紧跑完三英里后马上投入数学大考，下午完成历史的课堂论文。现在，我仍然不敢说能与那位学长相比，要知道，到了十年级或者十一年级，英语课的作业可是要在三天内读完莎士比亚的《李尔王》，然后做阅读笔记。我至今都忘不了学长神情凝重地拍拍我的肩膀，幽怨地看着我，用一种令人胆寒的语气轻轻地说："你还年轻，好好享受吧，想吃点什么玩点什么都赶紧去吧……"

所以，千万不要觉得来了美国就脱离了苦海，这里只是把国内堆积如山的卷子换成了堆积如山的论文题目而已。大部分留学生都以为，自己能潇潇洒洒看破红尘不问学习，结果要么真的浪迹天涯没工作，要么跟国内一样拼了命地学习（甚至之前的那个传奇学霸每天都要研究微积分到深夜一两点）。希望有出国打算的同学引以为戒，不然坑的可是自己。

所以，千万不要觉得来了美国就脱离了苦海，

这里只是把国内堆积如山的卷子换成了堆积如山的论文题目而已。

Mercury Venus Mars Jupiter Sun Saturn Uranus Neptune Pluto

孤独的你
总有 星辰作伴

就算现在因为
技术爆炸而暂停阅读，
但大部分人还是能
静下心看书的。

土星 Saturn

塞坦是罗马神话中的农神，也是时间之神。

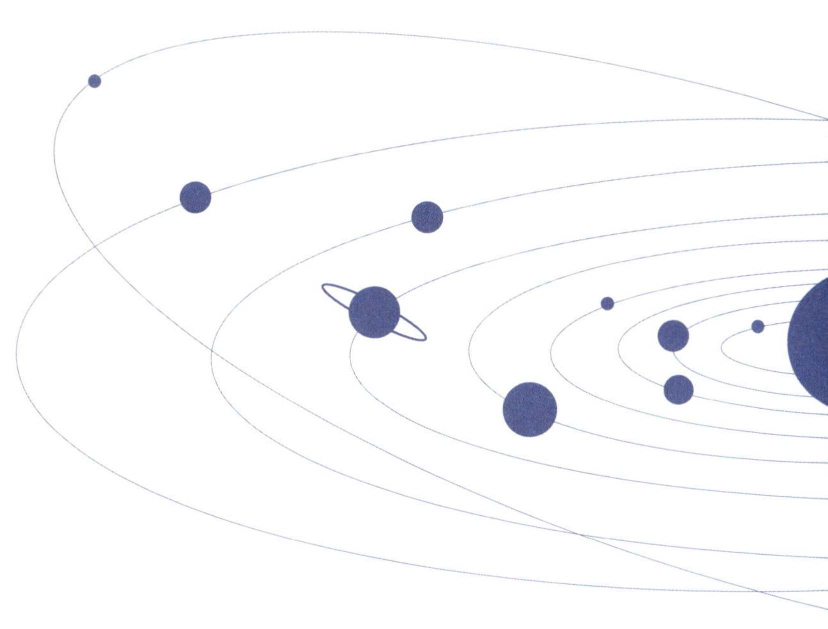

美国学生的
阅读量大吗?
大到变态!

在国内，大多宣传的有两种理论，一种是美国学生完全不看书，每天专注于体育活动和各种派对，常年不碰纸质书籍；而第二种说法则是美国学生个个都是书迷、书痴、书疯子，每天挑灯夜读世界名著到凌晨都还精神抖擞。结果来美国上学以后刚好赶上美国高中iPad电子教学的热潮，以前不管是派对狂魔、体育健将，还是书迷学霸，都变成了“iPad在手，天下我有”的电子产品高手，iPad越狱、刷机、改成Windows系统样样精通。我认识的大部分人（白人、亚洲人都有），看书的时间明显少了很多，到哪儿都抱着iPad，当年我来面试的时候，还能看见缩在角落里看书或者是边走路边看书的人，现在已经变成了四处都充斥着电子游戏的爆炸和尖叫声。

但是，千万不要就这么天真地认为美国高中生的阅读量等于零。首先，除了数学课不需要阅读课外补充书籍之外，体育课、科学课、艺术课，甚至表演课都会布置大量的书籍让学生阅读，比如我最喜欢的历史，一个学期就布置了三本，不，是三套大部头的历史研究书籍，而且都是前几个世纪那些经历过中世纪宗教改革的英国老学究花了十几年完成的，极其晦涩，连美国本地人都读得味同嚼蜡。但当我真的慢慢啃完这些大部头以后，才发现它们对我的帮助和世界观的塑造都是不可想象的。英语课上，我们一开始就花了两个星期秒杀了《蝇王》，然后马不停蹄看完了《奥德赛》的大部分，上个星期老师还在见缝插针地塞进了几篇莫泊桑的短篇。到了高年级，像《根》这种小说都是三天搞定，我有个学长忘了读，结果我亲眼看着他在两个小时的自习时间里默不作声地硬是看完了，事后还能把阅读报告和小测做对。美国高中生的阅读量和阅读速度都是从小就开始培养的。就算现在因为技术爆炸而暂停阅读，但大部分人还是能静下心看书的。跟中国学生看书大多看漫画不同，美国人小时候可能还会看一些玄幻的“中二文”或者《波西·杰克逊》，但是上了高中他们平时用来娱乐的书就都变成了阿西莫夫、阿加莎·克里斯蒂和儒勒·凡尔纳。我甚至见过拿莎士比亚的戏剧看着玩的变态。

最后，不得不说，我感觉中文阅读对我的帮助比英文的要大。因为现在我有时看一些爱伦·坡的作品会感觉很难懂，毕竟英文是我的第二语言，但是美国人跟我一样也表示无法理解爱伦·坡大神的世界，英语可是他们的母语。所以，我建议在中国的同学要加大阅读量，可以多看看古文经典像《史记》之类的，现代文的话还是要读名著，不要每天都浪费时间在地摊言情和报刊亭玄幻小说上。到了美国，没有在国内积累的阅读量，想要跟老外比速度是不可能的。

美国老师
刚正不阿，
绝对不收礼

在中国九年义务教育的熏陶下，我深深地明白这样一个道理，无论你在何处，无论你上的是重点学校还是一般学校，尖子班还是普通班，有一个好老师还是差老师，逢年过节时还有家长会前后，慰劳老师的或大或小的红包礼品是肯定少不了的。哪怕自己的孩子成绩再好，送了礼的和没有送礼的待遇多多少少也会有些不同，于是抱着“万一别人都送了那我岂不是吃大亏了”的想法，大部分家长都会努力和老师们搞好关系，送点化妆品、购物卡什么的。

来美国大半年，自以为深谙学校内部运作规则的我一直没找着跟老师们“拉近距离”的机会。直到去年的圣诞节放假，我觉得机会到了，美国老师在美国人民最重要的节日里收点小礼品应该是无伤大雅的吧？于是，我和老爸便早早地规划起了送礼品的规格。当然不能直接送票子，那纯属行贿，送化妆品什么的太俗，思来想

美国老师对待所有人都一副“我很喜欢你哦”的慈祥模样，

但该扣的分照样扣。

去，我们把目标定在了美国人的国民饮料——星巴克的购物卡上。在中国，出手一次怎么也得一两千吧，我们买了三张价值两百美元的星巴克的卡，准备在圣诞节假期前后选择黄道吉日分别送给几个老师。谁知，我揣着购物卡在学校各个教室间晃悠了一整天，死活找不到送礼的机会，旁敲侧击地问问其他同学才知道，人家根本不兴送礼这一套。我再观察几天，发现在几十个人的注视下想要给老师塞个信封简直比《伊森·亨特》还要“007”。无奈之下，我和老爸为了不浪费，只得靠自己把这三张卡的咖啡钱喝完。接下来的几个月里，我出门喝一杯星巴克，请别人吃饭时买几杯咖啡，朋友聚会时买几杯，目测我对咖啡的狂热会持续两年以上。

我再去问问周围一些国际生，有不少都是家长在国内远程操控，指挥着孩子买好名牌包和化妆品，然后选择良机偷偷塞给老师，但都会被退回，毕竟，美国人民可没有收学生LV手提包的习惯。对于送礼的问题，美国人的反应都是“啊？为什么要送礼啊？”。国际生和中韩同学的反应就是“来了美国应该就没必要送了吧？”。而中国家长的回答，则百分之百的都是“必须送！别人肯定偷偷送了，只不过你没发现！”。而有些人，比如印度裔或者欧洲贵族这类自尊心强到隐隐有些变态倾向的群体，就会认为送礼是浪费自己的时间和精力。

但偶然有一次，上私人小提琴课的时候，我逮到了机会，试探性地把一盒化妆品放到了老师座位上，第二天，那位老师一个劲儿地对我说谢谢，但还是退了一小盒回来。看来，美国老师们还是不太能习惯中国人这种传统的热情问候。

所以，留学生们可以把送礼物的这笔钱省省，给自己改善一下伙食、请女生吃个饭什么的，对老师们不用太费心思，毕竟美国老师对待所有人都一副“我很喜欢你哦”的慈祥模样，但该扣的分照样扣。实在心里没底，就逢年过节给老师发点真心祝福的邮件，老师们会很高兴的。

啪啪啪，
我被打脸了，
美国老师会收礼

我曾以为，美国人追求平等自由，待人友善，结果来了后发现歧视亚裔、非洲裔、同性恋、女权主义者的现象也不少。

我曾以为，美国老师不收礼，两袖清风一心为民。在教会学校时也确实如此。转学后，我才发现当年的我是被厚厚的《圣经》蒙蔽了双眼。

圣诞将至，历史课正是复习最紧张的阶段，将要进行假期前的最后一次考试了，老师发的复习资料和模拟题把我的文件袋都撑裂了。每天上课时全班人都戴着耳机默默做题复习，而平日里最喜欢聊天、玩手机的几个十二年级学生却不见了踪影。我有点儿羡慕：不愧是要毕业的人，一天就上三节课，现在还能翘一节，不知道是去拉斯维加斯冒充成年人赌钱，还是去旧金山租游艇出海潇洒了。

三天过去，假期即将到来，十二年级的老油条们浩浩荡荡闯进了教室。女生浓妆艳抹，天底下最直的直男也能看出她们的头发是精心打理过的，男生也一反常态没穿睡衣和背心来上学，每个人胳膊上都挂着大大小小五六个袋子，看袋子的包装好像还是价格不低的高档货。

“圣诞快乐！”老油条们向老师深鞠躬，顺手把手上的袋子呈了上去。

我邪魅一笑，呵呵，美国老师不收礼天下无人不知晓，你们这群辣鸡，且看老师如何收拾你们。

老师接下系着蝴蝶结的包装盒，连说谢谢。

我惊愕，看向威利：“十二年级的人还玩这一出？公然行贿？我要报警吗？”

威利一如既往半眯着死鱼眼：“不就是送礼嘛，乡巴佬。”

“老师您辛苦啦！”老油条们二鞠躬。

我腹诽：你们干脆别上课，直接三鞠躬拜完天地入洞房算了，老师辛苦？还不是你们天天玩手机不关声音，吃薯片还吧唧嘴，害得老师想睁一只眼闭一只眼都不行？

后来再问几个同学，送礼在美国还真是挺常见的，从手工自制巧克力，到咖啡卡、礼金券，再到各种乱七八糟的奢侈品，全都承载着对老师满满的爱意。正所谓礼品手中过，清廉心中留，就算手上还摩挲着购物卡，但背后仍然高高挂着正大光明的匾额。

PS：虽然美国老师收礼，但也仅限于小礼物，零食、饰品之类。但是真金、白银和古董书画是没人敢收的。

PS：坐等上大学以后再被打脸。

美国小提琴课的另类教学风格

在中国学了将近七年的小提琴，我从刚开始学的时候迫不及待连续跳级，到最近两年温温吞吞不急不缓，慢慢悠悠折腾了三年，我的等级仍然是说高不高说低却也不低的七级待考。七年里，我见识了各种各样严厉的、放任学生随意拉的，以及幽默的小提琴老师，但他们总有一个共同的特点：对学生拉琴时的姿势有着绝对的底线，握弓时无名指和中指要恰到好处地按在弓尾部的圆点上，头抬高，琴头往上抬，手腕不能弯，左手大拇指一定要扣在某个固定的位置。

我记得考五级之前，教我的那位老师平时人特别友善，跟学生们打成一片。有段时间我拉得毫无章法差到不行，她也没有板起脸批评，可谁知，就在考级前的几个星期，她在无意中竟然发现我的中指没有按在那个圆点上！于是，对我而言炼狱般的课程开始了：

就算我把那几首简单的练习曲演绎得毫无瑕疵，只要我的中指不在那个点上，我的耳旁就一定会传来阵阵恨铁不成钢的叹息。有时我自己在家练琴的时候，都经常幻听，那几声不存在的叹息往往让独自练琴的我吓出一身冷汗。

考级当天，由于曲子早就拉了无数遍，自然是毫无问题，三个评委都给我“优秀”的最高等级评价，我拿到评语单，往底部的评语处随意一扫，果然：“没有大问题，就是握弓姿势不标准。”

我都恨不得把那个白点抠下来自己重新画一个。

到了美国，我当然选择继续学习小提琴。这次，我找的是高中校内资历最老的一位老师，他虽然年纪略大，满头银丝，但每天都满面红光、精神抖擞，同时还是开玩笑高手，时不时蹦出几句不成调子的广东话，毫无名师风范。

第一堂课，我自然要认真表现，姿势极其标准，严阵以待。结果他一进门的第一句话就是：“你那么标准干啥？不难受吗？”语气惊讶无比。

我无言以对。

然后，他就马不停蹄地开始对我灌输他的教学理念：拉琴就图个高兴，只要能拉好，姿势不是重点，怎么舒服怎么来。当然，也不能太过分，不然就不酷了（老师的原话）。那一整节课四十五分钟，我们两个人花了半个小时研究世界小提琴名家的各种拉琴姿势，然后一致认为，拉琴的标准姿势都是浮云。最后的十五分钟，老师亲自挽起袖子，为我表演了他“不标准姿势”下拉出的各种高难度曲目。

在美国，无论是老师还是学生，做事都尽量以让自己快乐为前提，比如拉琴，再比如申请大学，亚洲人放弃娱乐，放弃休闲，死拼成绩，对手却还都是同样不要命的亚洲同胞，乐团里黑头发黄皮肤的亚洲人占了百分之九十九。可美国人每天参加志愿者、运动队四处做报告、搞研究，干着自己喜欢的事，把自己“玩”进了名牌大学。来美国的同学，可以多向美国人学习他们的生活和思维方式，毕竟两个国家的考试方法不同，在中国参加高考需要一字不差的严谨背诵，在美国，则需要展现自己的特长，按自己喜欢的方式努力。

在美国，无论是老师还是学生，做事都尽量以让自己快乐为前提。

跟欧洲学生一起愉快地吐槽美国人

美国虽然是一个移民国家，而且大部分都是当年从欧洲大陆上千辛万苦漂洋过海来到美国的清教徒，理论上来说应该继承了欧洲绅士们的所有优点，比如谈吐姿势都高贵优雅、文质彬彬，还有腐等一系列特质。但当年逃亡到美洲大陆的欧洲人，很明显是因为受不了欧洲人的贵族规矩才到异国他乡玩大冒险。从东部开拓到加州淘金的人们更是把身上最后一丁点贵族的高雅气息褪得一干二净。平日里讨论的永远都是令我听到就胃里泛酸的橄榄球和棒球。

有一天，体育课上，我站在看台上冷眼旁观球场上几个美国壮汉穿着厚而土的大红色袜子，脚上居然还穿着澡堂里特有的大拖鞋，四肢发达、头脑简单得让人不能直视。正摇头叹气的时候，才发现身边居然不知什么时候站着一位跟我同样一脸痛心的白人，我心里想，美国这么多糙人里居然还有个异数？还是说这人是个被排挤的loser（失败者），装作不在乎其实内心早已蠢蠢欲动?

“唉……一帮傻子。”谁知，他竟然主动说话，一口纯正的英伦腔。

我瞬间放下心来，吐槽模式火力全开，他也乐得见到终于有同道中人出现，两人一唱一和欢乐无比。谈论了十分钟以后，我才发现他两年前才从欧洲某个宁静的小国家移民到了美利坚。原来安静的城市小巷、林荫小路变成了每天如同中国过年一样鸡飞狗跳的美国大道；原来平和优雅的下午茶变成了匆匆塞几个甜甜圈；讨论的话题从琴棋书画、歌剧、政治变成了让他想吐胆汁的橄榄球和棒球；更让他无法容忍的就是百分之九十的美国人是足球白痴。

接下来的一个小时里，我们无视体育老师的怒吼和不远处美国橄榄球队员们的嬉闹，开始了深层次的讨论。他一再好奇地询问我，中国现如今的政治制度的利弊，再将其与欧洲各个国家的政治体系进行对比：比如很多欧洲国家的竞争力太弱，政府无能，或者是中东一些国家官员腐败，两极分化严重，迟早要被人民群众干掉，等等，最后再引申到古代欧洲史对现代欧洲社会的影响，罗马帝国末期和康斯坦丁帝国对宗教的过度纵容导致现在大部分欧洲人的斗志已经被磨光了，遇到困难都跑去拜大神。

他犀利的言辞和精准的遣词造句让我深刻地认识到，为何当初那帮仁兄连命都不要也必须坐“五月花”号过来。虽然偶尔跟欧洲绅士们聊聊当真受益匪浅，但每时每刻都得全神贯注，大脑高速运转，思考自己的下一句回答是否得体，是否大气，是否有深度。这种事还真不是一般人能做到的。跟他聊了一个小时，我都没力气上数学课了，他还神采奕奕即兴表演了一大段歌剧，虽然我没听懂，但还是装出一副“嗯，这段咏叹调着实不错，但F大调再唱高些就更好了”的样子赞了几句“Bravo（好哇）”。

男生更衣室里，我看着他一丝不苟地将运动服换下，穿戴整齐，带上欧式小草帽，打上小领结，对着满是水花的镜子吹了个花式口哨，很潇洒地拎着皮夹克哼着某段歌剧走了，跟外面等他的三个女生挨个儿行贴面礼。

这时，更衣室里传来一阵尖叫和笑声，瞬间盖过了咏叹调凄美的旋律。我回头，看见一个美国朋友浑身通红，手持两大块肥皂，只穿着一条内裤在冲凉的房间里过泼水节，加入的人越来越多，连平日里杀气腾腾的体育老师都隔着玻璃在办公室鼓掌。我突然觉得不同层次之间的差距有点大。

我是怎么转学到美国优秀高中的

用我美国顾问老师的话来说："人就是要不断地挑战自我。挑战自己的方式有很多，比如选更难的课，再比如，转学。"我听了呵呵一笑，在美国一年多，我已经被周围美国人随遇而安的尿性（东北方言中常用的形容词。一般在善意的调侃中经常出现，非常具有幽默感）同化了不少，Valley（山谷基督学校，成立于1956年，位于旧金山圣何塞市的中心地区硅谷，临近斯坦福大学）本来就是所不错的学校，我已经跟顾问商量好了明年的课程，跟同学约好了下学期要一起报名参加哪个体育队……我又何必要申请到一个理科疯子扎堆，科学怪人到处走，学习天才满地爬的地方？跟他们一起把学校炸着玩吗？

嗯……听上去还蛮好玩的。

我一语成谶：在美国东部和中部颇有名声的巴思思连锁学校大

概是西餐吃腻了，想换换口味，尝尝印度咖喱配中国拉面。一帮富得流油却爱好教育事业的校董以不菲的工资笼络了湾区各个名校的老师们，在硅谷一众高科技公司包围的地方买下一块不大的地皮，设立了硅谷校区。按理说，这种在西部名号并不响亮的名校，是很难招收到足够的学生的。不过仅仅依靠它在全美高中中都能位居前五的名次，就轻松动摇了所有亚洲家长的心。

于是，天时地利人和，我占了大半，在老爸和顾问的不断怂恿鼓励（威逼利诱）下，我无奈地随手填了报名表就交了。呵呵，这种好学校，一个年级总共才十五到二十个人，我一个平凡少年，三观正常，人格目前尚无分裂的迹象，闲着没事也就打打游戏看看书，丝毫没有顺手建个核反应堆爆破地球的欲望。就凭我，何德何能会被这所以理科出名的高中看上?

将草草写完的报名表交上去，居然要安排家庭面谈，我随手就在网上约了时间。某天下午我在Valley和老同学打完球后，和老爸一起，去了那个据说要明年七月才竣工的教学楼前，工地旁有几个工人在喝着咖啡，面谈的地点是工地旁边的一排专供出租的平房。进了办公室才知道，所谓的“面谈”竟然是入学考试……我脸色发青地拿到了一份数学试卷，不由得心中哀叹，为何所有入学考试都考数学！两页纸，十二分钟。我硬是蒙了一半，约等于零分，我压力尽失，又开始盘算明年要跟那谁参加篮球队，跟某个女生一起去短跑队……然后考英语，我一直都很感激那位负责考试的老师没有在看过我惨不忍睹的数学试卷后就直接把我赶出去。

英语，考的是一篇作文，却十分科学，题目是：从一本书中或一部电影中选择你最喜欢的一个段落或场景，解释你为什么喜欢它，以及它对你的重要性。短短一篇论文，却能看出学生的阅读量、阅读面以及个人偏好会不会太重口味，还有总结分析能力等等。我大笔一挥，直接把钱穆大神《国史大纲》前面那几段“国民必须对本国历史有温存和敬意”那一段给默写了，我知道，我唯一的机会就在于凸显我文科的特长，我对历史的热爱必须掩盖我在数学方面的轻微弱智，才能在这里取得一线生机。于是，我充分发挥文科生的特长，十二分钟里我洋洋洒洒写满了整张纸，表达我对历史的热爱以及当前的学校对文科充满歧视云云，表示自己要在这黑暗的世界中捍卫历史研究者真理的火炬。那千年棺材脸老师收卷时都露出了几份惊讶的神情，明显虎躯一震。我在理科生老窝里捍卫了文科生的尊严，昂首挺胸跟着她来到最后的面试环节。

迎接我的是一个满面笑容的白人美女，说实话，我都觉得她见了我没必要这么开心……白人面试官都是笑面虎，脸上的笑容信不得！我暗暗告诫自己。我身上开始散发出一阵阵高冷的气息，浑身上下散发出的气势在告诉她：小爷我来面试都是给你们面子，还不快快磕头谢恩，将录取通知书双手呈上！当然，必要的理解还是必需的，保持彬彬有礼不卑不亢，就差不多类似于英国古板老绅士那种高贵的风格。当然，每个人都不一样，比如理科生可以选择谢耳朵模式（不要把老师气走），艺术生可以选择帕格尼尼模式（不要神神道道扯断三根琴弦再表演）。总之，要让学校觉得你很特别，错过这村就没这店，不录取你是他们的重大损失，而你潇洒而去，广阔天地大有作为，来他们学校是给他们多出一个名牌大学的校友的机会。来面试之前多查查学校资料，偶尔适时夸一夸某些鲜有人知的小细节，问一些接地气的问题，比如：我听说你们学校的历史研究室已经得到了某某博物馆的支持，真是太好了，诸如此类，会让面试官觉得你做足了功课，而让他有这种想法的唯一途径就是你必须真的做足功课。

面试，其实就是面试官和学生互相装×，她刚说自己的学校很好，我就把我写的书给她，说我能让学校声名远扬；她刚说本校理科生天才多如牛毛，我就把报纸专栏递过去请她过目，并说我可以建个文学俱乐部，帮你们换换脑子，见识一下文科生的世界。那位面试官当场就把我的资料拿去复印了。

最后，还有一个小建议给要转学的同学，不要一个劲儿只知道夸新学校，对自己原来的学校也要保持“温存和敬意”，偶尔夸夸自己原来的学校，会让面试官觉得你会对本校也产生感情，不会说走就走。但归根结底，名校招生，还是要看运气。我接到录取通知书后，内心极其阴暗地嘚瑟了好久，不断地脑补着不知多少理科尖子被我挤掉，正在家里咬牙切齿。

分享几个谈不上技巧的面试美国高中的技巧：

1.面试时，不吹牛不是中国人。当然，我说的“吹牛”指的是给自己的经历增添一些艺术性的美化。好比你自拍时要磨皮、去痘和美白，末了还能发朋友圈说是素颜照。但你要是靠着美颜神器给自己做了场整容手术，鼻子、眼睛、嘴巴全都取自刘亦菲的表情包，还一脸诚恳地自谦，那就没意思了。说说自己所经历过并成功克服的困难，展现自己的潜力，就够了。

2.不要话痨。老师问什么你说什么，言多必失。自己想补充的内容（比如老师没有提起的个人特色）先在自己脑子里转几圈再说出口。要不然没准儿你说到兴头上时，老师会饶有兴趣地提问：“当年你二姨的大表哥不是虐待你不给你学费吗？怎么他现在又鼓励你做慈善帮助失学儿童了呢？”如果真到这时候，也不用惊慌，你大可以把手一挥，虔诚地所：“那都是耶稣的力量啊。”

3.口语问题。早在两三年前，在美国的留学生们多多少少都带着些中式口音，也算是特色。但近年来学霸数量剧增，随便拉住一个国际生都能美音英音自由切换无障碍，词汇量比普通美国学生还要可怕，在星巴克点餐都要蹦出几个GRE（Graduate Record Examination，美国研究生入学考试。适用于除法律与商业外的各专业，由美国教育考试服务处主办）单词。好的口音和流利的表达真能加分不少，我这样的学渣常常被老师当成学霸重点照顾，都是口语技巧的功劳。

人就是要不断地挑战自我。

孤独的你
总有 星辰作伴

每一次作业，

每一个项目，

每一次考试，

都关系着未来的命运。

天王星 Uranus

天王星的英文名是Uranus，来自古希腊神话中的天空之神乌拉诺斯，象征希望与未来，并代表天空。

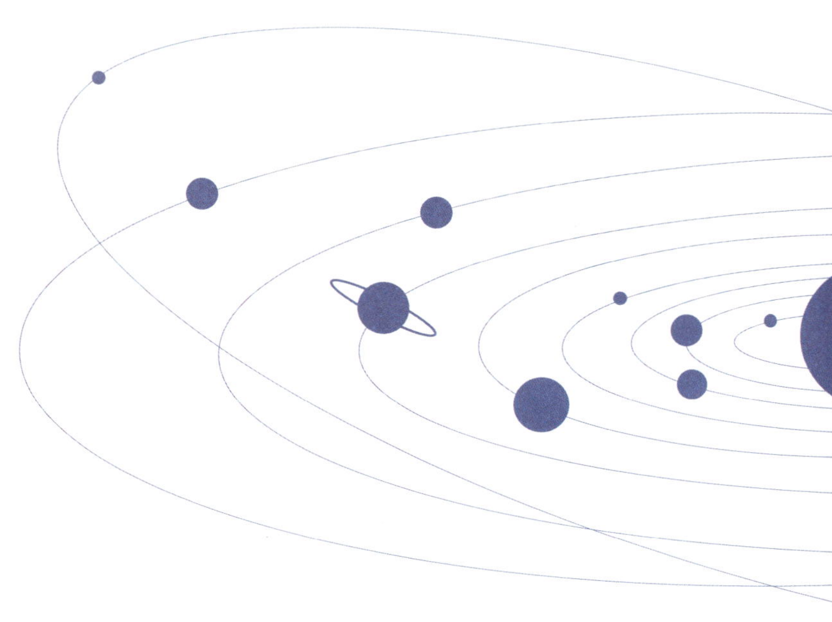

期末考试
前一周，
一阵血雨腥风啊

小学作文里，总能看见“一转眼，激动人心的期末考试又到了”这样天真的句子。我只想说，要真是一转眼就好了，年轻人果然喜欢说一些自欺欺人的话安慰自己……

在美国学习的每一天，我都被笼罩在GPA（Grade Point Average，平均成绩点数、平均分数、平均绩点，美国普通课程的GPA满分是4.0分）的阴影里，因为无论你平时有多少A，期末考试一个失手就让之前一整个学期咬牙硬撑着的A掉到了B，B掉到了C，C掉进了D和F那绝望的深渊。

所以我到美国以后，至今不明白为什么中国学生会把平时的考试和作业看得如此重要，无论你平时大小考试呼风唤雨，风头无量，中考、高考一考定终身，平时对考试成绩的担忧，说到底就是面子问题。

在美国，每一次作业，每一个项目，每一次考试，都关系着未来的命运。

期末考试前一周，印度裔永远都在练习光速心算，三四秒内就能算出自己的期末考试保底分数线；华人ABC书不离手，口中永远碎碎念，不知是拗口的化学配平公式还是英语课上罗密欧与朱丽叶海枯石烂的肉麻情话。

美国人？呵呵。

他们致力于攻克橄榄球新阵型的技术问题、《愤怒的小鸟》第三关攻略以及比赛背诵职业棒球球员的名字和外号，临危不乱，堪称大才。

当然，也有可能是缺心眼。

不，肯定是缺心眼。我看着他们正在争相炫耀的GPA3.3（一般人，我说的不是学霸，都是3.7以上）的成绩单，默默地想。

老师们似乎都明白这一点，于是考前学习指南也就格外残暴，无论是厚度还是难度，都更上一层楼。

无论是对人还是对树木（做卷子废纸），都是一场悲剧。

数学老师秉承全天下所有数学老师残忍的特性，滥杀大量无辜树木，向我们隆重推出新上市全新改版虐爆黄冈考卷的一年数学十年阴影版考前学习指南，长达五十页，一百题。

历史老师高举弓箭，十七页的学习指南，一百单八题，我隔着iPad高清的电子屏幕闻到了一股浓浓的血腥味。

生物老师干净利落地清理完数十只惨遭肢解的青蛙后，面无表情地发给了我们似乎还带着死去老鼠青蛙们怨念的练习题。

英语老师倒还蛮友善，只是让我们把《罗密欧与朱丽叶》和《奥德赛》的剧情梗概、人物特点、经历、作者生平介绍和经典段落解析都背下来就好……

对了，所谓的“放空周”本名“死亡周”，什么不做作业的条款就是用来骗我们这帮无知新生的。正所谓我命由我不由天，来美国的同学千万不要浪费了自己身为中国人的长处，以为到了美国就可以跟美国人一样疯玩，有时候那些应试技巧和疯狂啃书还是很有用的。

有时候那些应试技巧和疯狂啃书还是很有用的。

考试前有“放空周”，但谁敢放空啊

世界上所有的学校其实都一样，永远有着数不清的考试和要命的期末大考。每当期末临近，美国人玩命的架势丝毫不比国内的劲头弱。有AP课的学生们晚上奋战到一两点钟是常有的事。第二天在课堂上打瞌睡被慈祥的圣经课老师叫醒也是常态。就这样，我迎来了我在美国的第一次期末考试。

在期末考试这一点上，中西方观念有着明显的差异，中国人觉得期末考就应该容易点，放假了图个开心，学生拿着一张漂亮的成绩单回到老家，在家人面前展示，获得亲戚们的赞许，皆大欢喜。可美国人的期末考试往往会把最难的题目拿出来让学生总成绩往下掉。所以，美国人在期末考试前总能赶出一点令人摸不着头脑的事：我有个外国女同学在期末考试的前一个周末被她妈妈“强迫”去迪士尼乐园住两天，然后直接回来参加考试！连我乐观开放的历史老师都说她妈妈疯了。那个白人女孩还得意地炫耀她善于利用时间，也就是她会在去迪士尼的路上复习。最后历史老师号召全班人朝她扔纸团，虽然历史老师本人给我们的考前放松建议也算不上多正规：找一个没人的地方尖叫裸奔……

由于美国学校使用的是平均绩点制度，所以如果你期末考试考好了，是能提分的。所以在期末考试的前一周，到哪里都能看见学生在用计算器算分数，结果我生物课上有个同学得出的结论是他期末考要考一百八十分以上才能拿A，对了，我们生物期末考满分是六十五。

为了让学生放松一些，学校还把期末考试前一周设定为“放空周”，就是不允许老师布置作业，但很明显，这个计划存在着几个较大的漏洞：首先，学生怎么可能在期末考试前放空？其次，老师们往往会在前两周就把剩下的作业布置完，发给你一本厚厚的学习指南让你在期末考前做完。

最后，便是老师们为我们祈祷，重点当然不是保佑我们考好，而是在考试前保持心理健康，成绩差点无所谓。结果我发现，这祈祷还是很灵验的，大家考完后生龙活虎四处打闹，连拄着拐杖打着石膏的同学都敢往足球场上跳，全然不顾惨不忍睹的成绩单。

期末考试挂科，
学渣都会鄙视你

说到期末考试，美国老师往往会兴奋地告诉我们，这是一个提升我们总分的大好机会。经历了国内无数次期中、期末考试的我当然不会相信这种话，按照经验，无论在哪里，期末考试永远都是劳民伤财、得不偿失，全校无论是老师还是学生都得搭上半条命。不管你愿不愿意，都会被淹没在复习的滚滚人潮中。出成绩的那一个星期里，学渣们死无葬身之地，学霸们也往往为了前进一两名和那关键的一分而黯然神伤。所以，老师们象征性的话语，也就只有单纯天真、从小到大一路吃喝玩乐快意人生的美国同学才会深信不疑。

上个学期的期末考试，大部分人（当地人）都仍然天天欢声笑语，仿佛参加春游一般，带零食，带游戏机。对酒当歌，人生几何。考试的那几天，人们穿着拖鞋，穿着沙滩裤，胸前挂着大墨镜，头上还罩着一顶大草帽，考完就走。肉体在考场，可灵魂早就

来了一场说走就走的旅行，不知跑到沙滩还是森林去享受人生了。

于是，对于他们惨不忍睹的成绩，我只能说，人生中每件事都要付出一定的代价……

美国高中大部分科目的期末考试还算人性化，基本上都是选择题，省去了不少麻烦。数学考试的困难程度我没有评论的资格，只能说论文题很容易，发挥文科生特长，考前看看书就差不多，但几十道选择题还是挺恶心的，有时埋头苦算十分钟才能做出一道题，而且美国考试的选择题往往都有五个答案，连蒙对的概率都降了不少。

生物算是最费工夫的一门课了，九个大章节有数不清的幻灯片要背，还有各种各样稀奇古怪的简答题和论文题目，青蛙、老鼠全部失去了隐私，从咽喉到尿道的各种细节，我们说起来如数家珍。

英语还算轻松，主要是因为英语老师为我们准备的周密的复习计划、各种学习大纲、考试复习指南，带着标准的答案直接把我们湮没，而最爽的一点，莫过于英语老师似乎认为准备这么多大纲，是对我们童年的摧残，于是，出题目打分时，也就多了几分歉意，伴随着美国人装模作样的哀号，我们的分数无形之中又提高了不少。

在美国的期末考试，得A有难度，毕竟，一整个学期的内容加在一起的复习量还是很大的。考前一星期，是我有生以来第一次见到学生中心里三五成群的美国人不在玩游戏、看视频，而是在脑门冒汗全心全意投入学习。如果在期末考试上挂科，那是连最最差劲的差生都会鄙视你的。一般来说，期末考试，主要是求稳，得A不足，保B有余，不要让成绩拖了自己总分的后腿就行。

加州名牌高中里，最少的就是美国人

我知道，巴思思高中是一所好高中。而且，加州的名牌高中，每一所都由来自世界各地的……亚洲人组成。所以当我在面试时看到学校宣传册上满满当当的白人时，还大发感慨，没想到有生之年居然还能近距离参观美利坚合众国特级保护生物：美国学霸。

开学前，学校组织外出，我在老爸的强烈建议下（到什么山头唱什么歌），穿上了美国白人常穿的套头衫和牛仔裤。在去学校（平房和工地）的路上，我还暗暗练习了一下白人的口音。

五分钟后，我发现我想多了。

我走下车，整了整套头衫的帽子，迎上了两个正如老汉抽烟枪一般坐在门口紧盯着手机屏幕的亚洲同胞，他们目光凶狠，嘴角勾起冷漠的弧度，全身上下散发出比中国本地学霸更加浓重的杀气，其中一人抬起手，眼神中流露出杀戮前的决绝。

K.O.（knock out的缩写，意思是被踢出去，也就是在格斗类游戏里被击败了，出局的意思。）

街头霸王双人版。马赛克画质。两人结束战斗，输的那个骂骂咧咧起身离开，我居然还隐隐约约听到了北京口音的国骂。

还没走进平房的主厅，就远远听见了聊天声。我心说白人真是素质低下讲话如此大声云云，然后就看见了四五个印度裔正在聊天，声震寰宇，口音浓重，“余音绕梁，三日不绝”。好像是在讨论花椰菜和烤豆子哪个好吃一点，类似于中国的甜粽子和咸粽子之争。我默默走过，不忍打断他们的对话。

我转头，努力地寻找着美国人的面孔，却发现了无数个鼻梁上架着镜片厚度堪比防弹玻璃的大眼镜的亚洲人。我心灰意冷，却无意中瞥见一个美国人的身影，还留着非主流的爆炸头，我走上前去。那位仁兄看了看我，缓缓开口：“不好意思，我中文不好。”

我连连摆手，在绝望中回话：“你中文说得还可以啊……”

他眼睛一亮：“你也是这么想的是不？我告诉你，我中文其实可好了，他们都不信，我在家里看过《新闻联播》，你看过吗？没看过吧。可好看了，我告诉你啊……”

我朝他挥手告别。

他在我身后大喊：“我还看中超！我知道裁判傻×！”

我大步走远，随手拉过一个女生搭讪，打算用英语跟人交流。

“Hi……”

“你看过《小时代》吗？陈学冬挺帅的，但是整容了，我给你看照片，你看就是鼻子这儿，是不是很奇怪啊？还有苏打绿的吴青峰，他唱歌可好听了，你听过吗？没听过吧。我告诉你啊……”

“……”

我生硬地扭头。

几个印度裔在呼吁大家将板球在美国发扬光大，争取十年内超越NBA。

我走到一个角落里坐下，认真思考为什么美国人对中国俗文化的理解已经如此透彻了。不远处几个中国女生正在画漫画，我瞄了几眼，好像是福尔摩斯和华生的爱情故事同人，多看几眼，我发现那几个妹子的水平已经可以媲美国内的大触了。

窗外朝阳升起，照亮了满屋子亚洲人冰冷的脸，也照亮了他们的手机屏幕。面对良辰美景，我感慨万千。身旁的印度小伙也被晨光吸引，他关掉手机，抬起头：

“F——K，没电了。”

加州的名牌高中，每一所都由来自世界各地的……亚洲人组成。

手把手
教你们对付
美国熊孩子

我不是热衷于二次元动漫的死宅，没有满屋子精美昂贵的手办模型；在美国过着隐士般生活的我也鲜少接待拖家带口前来串门的亲戚。可即便是这样，我仍然无法摆脱那个大部分青少年命中注定的“劫”。

这种劫难危险至极，想当年好莱坞电影中无数英雄好汉，全都是因为它而无奈地陨落；许多耗费巨资的科学研究，也因为它而饮恨失败。这些退隐高手脑力天才都落得如此下场，我这种连在弱智网游里都活不过三个回合的高中生就更不用提了。

这种劫，来自一个特殊的社会群体，江湖人称“熊孩子”。此帮会成员众多，平时散布于世界各地，年龄不大，学历不高，互不联络，却为了同样的抱负和理想而奋斗着。我们每每跟他们在大人看来楚楚动人可爱非常的小脸相对时，满腹的话语最终只能化成简简单单一个字："滚。"

高中的某节生物课上，胖墩墩的老师教授了达尔文的物竞天择理论：无法适应环境的废物都会死在历史的滚滚车轮下。所以，经过一代又一代的不懈努力与进化，我们已然初步具备了和熊孩子们较量的能力。

而我和熊孩子之间发生的这些破事儿，说出来让你们爽爽就行。各位请务必在专业人员陪同下尝试。

"快把你手上那玩意儿放下。"

我第三次合上作业本，不耐烦地说。离我约莫三米远的地方站着一个初中生，挥动着中文老师从来没用过的崭新激光笔，笨拙地瞄准着我和乔纳森的眼睛。

"就是就是，快放下。"乔纳森也装模作样地合上那本从未打开过的作业本。

熊孩子当然不会乖乖就范，这有悖于他们作死的生活方式。他继续龇牙咧嘴地瞄准，对准乔纳森厚厚的眼镜片后在激光笔上摸索一番，按下了开关。

"我真是×了……"乔纳森痛苦地号叫，熊孩子哈哈大笑，露出硕大的门牙。

乔纳森走到熊孩子跟前，竖起那根修长的，在CS战场上杀敌无数的食指："我是为了你好才告诉你，到社会上没人会让着你！你要收敛！你要……我真是×了……"乔纳森这番语重心长的说教连我都听不下去，更何况是眼前这位至少也是帮中长老级别的熊孩子。

我不耐烦地挥挥手："你说那么多废话干吗，揍一顿扔出去不就完了，这里又没摄像头。"

乔纳森眼睛一亮，然后摸摸自己肥硕的肚腩，犹豫地说："我可能打不过呀……"然后转过头继续对着熊孩子畅谈人生哲理，"你不是这个宇宙的中心，要考虑到……"

熊孩子一脚踢在乔纳森的小腿迎面骨上，嬉皮笑脸地跑到了教室的另一端。

"哥们儿你玩够了没？"我生平最讨厌的就是这种整天无所事事只知道找抽的玩意儿，恰逢拉丁语小测错了一道送分题，与A+失之交臂，现在戾气略重。

熊孩子显然深谙坏人死于话多的道理，一言不发直接对着我，眼睛开始发射死亡光波，嘴里还学着王宝强的样子念着："biubiubiu。"

我走上前去，一伸手就揪住了熊孩子的衣领，从桌子后排将他拎到了我面前。

"来来来，再给我biu一个。"

"b……biu……"

"……"

"哈呀咦！我要打死你！"

熊孩子虽然烦人，不过倒也有几分职业操守，知道肉搏的时候不能用远程武器。他把激光笔甩到地上的时候还真有几分抗战时期日军拼刺刀前退子弹的样子。

熊孩子挽起长长的袖子。

熊孩子目光深邃，杀气逼人。

“哇。”乔纳森盘腿坐在讲台上，往嘴里塞薯片，兴致勃勃。

熊孩子抡起拳头，朝我冲来。

他有着豹的速度，熊的力量，以及……蝙蝠的视力。

他被躺在地上的椅子绊倒，重重摔在地上。

哦……椅子不是我偷偷放的。

真的不是。

我以乔纳森的人格担保。

熊孩子号啕大哭，抽抽搭搭地表示他要去找教导主任打死我们。

我们集体朝他挥手致意，表示好走不送。

过了五分钟，他把教室门打开一条缝，好心地通知我们教导主任不在。“但是我要去找校长哟。”他目露凶光。

我突然有点愧疚，堂堂校长要为这种事亲自跑一趟，我也是挺不好意思的。

当我把事情完整复述了一遍之后，校长的眼睛里满是担忧：“我知道……你们挺难做的……但是，你们下次教育他的时候，注意点力度啊。”

纳尼（日语，“什么”的意思）我连替我做证的同学都找齐了，蹲在墙根那儿等着出场呢，罪魁祸首椅子兄也被我五花大绑捉拿归案了，您这一席话是毛线意思？

“你看，这么小的孩子，打坏了你不觉得心疼吗？”

我震惊之余拍着胸脯表示自己一定会尽到做大哥哥的责任，好好帮助眼前正抹着眼泪跟我道歉的家伙。

说点干货：千万不要亲自动手，千万不要亲自动手，千万不要亲自动手，重要的事情说三遍。这种小孩子看着是块难啃的骨头，其实一碰就残，要是头脑发热一不小心把他打伤了可就真的玩大了；对待前来评理的长辈要礼貌，态度诚恳博取好感，演技好的还可以擦擦眼角挤挤泪；熊孩子没有主动惹你就别手痒把他揍着玩了，虽然我挺想这样做。

熊孩子没有主动惹你就别手痒把他揍着玩了，虽然我挺想这样做。

去华盛顿旅行，以及观摩老师打脸

距离AP考试还有一星期有余，在这样紧张的备考阶段，学校的大部分老师都选择让学生自行复习，不再讲课。于是原本就不安静的教室变得更加兵荒马乱。吉娜带着一帮女生四处掠夺看上眼的练习册，好像是日军在挑选年轻貌美的花姑娘，遇上喜欢的就往肩上一扛，把书带回自己座位，胡乱翻翻了解大概套路后就扔到一旁，再也不看一眼。

乔纳森无所事事，不知能干些什么，便四处找人说着并不十分好笑的笑话。

我和威利照旧为了三国杀的高胜率而努力着。

历史老师抱着厚厚一沓传单走进教室，他用屁股顶开了教室门，意图十分明显：手腕上昨天才刚刚发布的苹果手表显然比已经用了快四十年的臀部要珍贵得多。

“号外号外，我组织的华盛顿旅游，大家都来报名啊。”历史老师往手表的表面上呵气，十分随意地把传单传到我们手中。十一年级的老油条纷纷响应，从后排跳到前面抢夺报名表，一时间纸页四散，鸡飞狗跳。

威利显然是十一年级的耻辱，他仍坐在座位上，眼睛都不眨一下。

不过有可能是他眨了，不过因为他眼睛太小，我没看见。

“你去不去？”

“不去。”

“我想去。”

威利无奈地摇头，看我的眼神像在看一个自愿报名踏上刑场试刀的傻子。

“你看那么多人都报名了呢。”活该我AP心理学没考好，从众心理的问题到现在还没研究明白。

威利不再说话，指指我的平板电脑，示意轮到我了。

我在报名表上，龙飞凤舞，随手打出一张牌，威利一声嗤笑，耳机里传出我阵亡的提示音。

1

我带着棒球帽，听着音乐，靠在机场集合点的门口。

几个中国孩子身边站满了亲属，比着剪刀手，过道的另一头是半蹲着拍照的家长。

印度裔不甘示弱，摆出一字长蛇阵，乌泱泱一片，如同黑云压境。

至于当初热烈响应号召非来不可的老油条们，全都不见了踪影，我反倒是在Instagram的首页上发现了他们扬帆出海的矫健身姿。

那几位爷正精心打理的烧烤架底下还配了一行欢脱的注释：“Life without teachers（没有老师的生活）！”

后面还跟着几个吐舌头的表情，每一个俏皮的字母都像是威利骨节分明的手掌在“啪啪啪”地打着我的脸。

最后大家站在机场大厅的正中央，摆出尴尬的笑容，面对着三米开外不停闪耀的十几台手机和相机闪光灯，时不时还能听见几声中文的“茄子”。

学校为了省钱，把座位全订在了飞机的尾部。身后一次又一次马桶的抽水声冲淡了我第一次坐美国国内航班激动的心情。

一帮印度裔坐在我前面，身体随着贪吃蛇的节奏上下摇摆。

我搓着脸，一声F——k还没出口就撞上了身边卡特琳娜冰冷的目光。

我干脆蒙住头，靠在我此行唯一的朋友克里斯身上酣睡。

2

我们坐了五个小时的红眼航班，人困马乏。

一下飞机，我们中的大部分人都不约而同偷偷摸摸地跑向了出口处的星巴克，绿白相间的塞壬标志在凌晨漆黑的机场里散发着温暖的光晕。

荷马史诗《奥德赛》里，塞壬女妖们居住在附近海域的一座遍地是白骨的岛屿上，传说中她们用自己天籁般的歌声使得过往的水手倾听失神，航船触礁，货毁人亡。

正如眼前这家不断飘出淡淡咖啡香气的星巴克，看似美好，实则隐藏着巨大的危险。

因为上飞机前，我们的历史老师一边点着苹果手表的小屏幕，一边对着我们三令五申："为了保持队形，你们绝对不能擅自离队去买东西。尤其是星巴克！你们女生都老老实实待在老师身边，别脑子里都灌满了咖啡。"

"我自己也不会去！因为我作为一个老师，非常清楚自己领队的责任！"

老师嘴里叼着机票，不遗余力地竖起了一杆迎风飘扬、颜色鲜艳的flag。

虽然老师再三强调，星巴克更是名列黑名单首位，但是，在阵阵袭来的倦意面前，我们对老师的恐惧被打得溃不成军、毫无还手之力。

三五个印度裔围成一圈，商讨对策。

"老师暂时失踪，可能在厕所。"

"确定吗？"

"我刚在厕所听到的呻吟声，和历史老师的有百分之五十相似度。”

不愧是理科生，这种时候都带着科学家般的严谨。

我们猫着身子，穿过那几个来华盛顿旅游居然都要往背包里塞两个足球的男生——他们正一来一回地传球，希望他们能出点乱子吸引点老师的注意吧。

“到那胖子后面躲着，快。”不知谁指着前方嚷嚷了一声。

只见星巴克顾客队伍的末尾站着一个颇为壮实的胖子，他穿着夏威夷式的沙滩裤，穿着大红大绿的花衬衫，在大多身着衬衣西裤的人群中显得格格不入。

“给我来杯美式黑咖啡。”

听到这懒洋洋的腔调，我们两眼发直，不约而同地望向他的手腕，看见了一块十分眼熟的苹果手表。

“这个声音跟历史老师有百分之九十五的相似度……”

理科生扶着眼镜，小声提醒。

胖子听到了，扭过头，脖子上的肥肉全压在了一起。

我们半蹲在地上，仰望着历史老师“巍峨”的身躯。

“不是让你们待在老师身边的吗！怎么……”历史老师不愧是学校辩论队的领队老师，反应迅速，面色一整，低声呵斥。

“先生，这是您的找零，请到那边领取您的咖啡。”服务员面带微笑，热情地递上单据和一把硬币，顺便让历史老师还没出口的几句批评胎死腹中。

看历史老师的表情，仿佛是想让服务员微笑着把硬币全吃了。

他伸手去接，眼睛仍瞪着我们，结果一个不留神，硬币全掉在了地上，一阵叮当作响，节奏欢快，声音清脆，甚是好听。

老师不愧是老师，出场都自带背景音乐。

当我们拖着行李箱，佝偻着身子走上旅游大巴的时候，大部分人手里都捧着一杯冒着热气的星巴克。

除了那个一脚就用皮球射飞了老师手上咖啡的家伙。

当我们拖着行李箱，佝偻着身子走上旅游大巴的时候，大部分人手里都捧着一杯冒着热气的星巴克。

415.300.4555
Gray Line
HOP ON OFF
Free WiFi
GRUPO JULIÁ
SF NAVIGATOUR
8203
Gray Line
65
BUY HERE
TICKETS
BUY HERE

Mercury Venus Mars Jupiter Sun Saturn Uranus Neptune Pluto

孤独的你

总有 星辰作伴

抬起头看看不时有

飞机划过的碧蓝天空，

我的嘴角微微翘起。

海王星 Neptune

在罗马神话中，海王星的名字Neptune等同于希腊神话中的Poseidon（波塞冬），为掌管海洋与山川之神，因此被称为海王星。

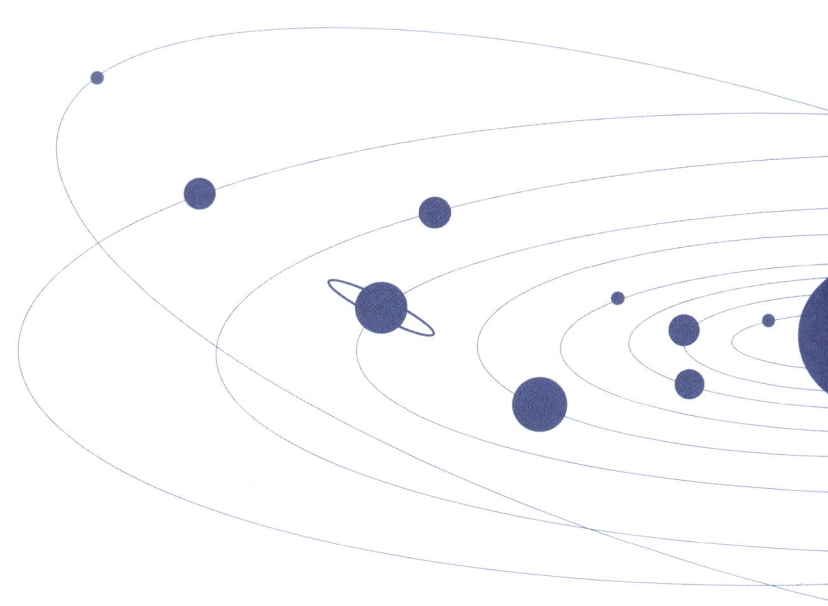

开学自我介绍
就是一集
《后宫・甄嬛传》啊

当初递交夏季课程入学申请时，我们全家都没有想到我居然能被伯克利大学看上。

我爸妈担心地想要给伯克利招生办打电话："你们做决定时是不是太草率了一点？"

我在巴思思的顾问倒是很兴奋：因为伯克利是他的母校，时至今日他都深深地怀念着仍在伯克利教书的恩师以及宿舍楼对街的烧烤摊。

为了表达自己的重视，我提前三天来到了伯克利的大学城，在公寓里放下行囊后就走向校园，准备参加新生见面会外加课程介绍，心里想着提前认识点同学，开课后在作业上也能互相照应一番。

但当我看到几十个蹲在门口玩手机的亚洲人，以及十几个眉头紧锁堵着课表的家长时，摇了摇头，一声哀叹：这几十人里，怕是没有我的新同学了。毕竟堂堂亚洲大神，怎么会把时间花在文科上？

果然，自我介绍时……

“大家好，我叫××，是来上计算机编程课的。”

“我也是。”

“我是来学计算机科学的。”

皮肤黑黑的老师礼貌地笑笑，露出一口大白牙：“上计算机编程的都举起手来！”颇有饶舌歌手在演唱会上让后排观众举起荧光棒的风范。

我转过头看，小小的教室里胳膊林立，茂密如丛林。

老师惊喜地把几个没举手的人点了起来：“快说说你们是学什么课程的。”

我仔细一看，叫出来的是五六个华裔，他们身边的家长满脸殷切的笑容，我顿时心中了然。

“微积分。”

“化学。”

“物理。”

嗯，就是这样。

老师抓了抓光滑的额头，一时语塞，只好冲着角落里蹲着的两个人大手一挥：“轮到你们了，给我上。”

两个曾经上过伯克利夏季课程的大学生。一个墨西哥裔，一个白人。

墨西哥裔冲着我们点点头，挠挠那头看上去一年没有洗的小卷毛，提了提宽大的牛仔裤，对我们说：“我是在墨西哥上高中，来这里留学的，我来这里补习的是我的英语。因为我的英语真的……很烂。”

在场大部分人的英文水平都不足以完全理解墨西哥小哥磕磕巴巴口音浓重的介绍，只是在听了最后一句话后点点头表示赞同，然后掏出手机打发时间。

“幸好我最后被伯克利录取了，嘿嘿。”墨西哥同学说。

全场肃然。

接下来轮到一直在旁边摇头晃脑还颇有兴致地跟前排新生击掌的白人小帅哥。

“我是哈克高中的。”（相当于人大附中）

赞叹声不绝于耳。

“我来这里上的是计算机和数学，不过……比你们上的要难一个档次。”

赞叹声余音绕梁。

“我当年也很想上伯克利。”

嗯？这句话怎么听上去怪怪的。

“结果最后被拒了。”

我想，我们脸上的微笑僵化得一定很有过程感。

然后，两位前辈小哥公式化地告诫我们一定不要缺课（不过我当年逃课的感觉可爽啦！白人小哥冲我们挤眉弄眼），要多交朋友、不要当书呆子云云。

介绍完毕，话不多说（虽然已经说了很多话），老师表示接下来才是重头戏：游览校园。

几十个人在加州的烈日下苦等了半个小时，只见之前去找导游的老师斜挎着单肩公文包一路小跑了回来。

“不好意思啊，导游不在，要不我带大家转转吧？”然后他掏出手机，开始认真地研究伯克利大学的校园地图，时不时抬头冲我们笑笑，表示他也是第一次来。

“老师，不好意思，我家孩子有点不舒服先走了啊。”

“老师，我家孩子今天下午还有个补习班要上。”

“老师，我们舟车劳顿来到这里，先回酒店休息了啊。”

“老师，我们家太远，还赶着回家吃饭呢。”

我站在一旁略带嘲讽地看着家长们拉着自己的孩子做“鸟兽状”散开，从校园的各个出口迅速离开。

我心想带家长来还有这功能我怎么不知道？不过就凭你们对校园出口位置的了解程度，还嚷嚷着要导游干吗，打麻将三缺一吗？

“好了，我们出发吧，”老师把手机揣进口袋，笑眯眯地看着我。

“啊……”我看看空荡荡的四周，再看着校门外几个渐渐消失的背影，“老师，我……刚刚到美国，要倒时差。”

我竭尽全力模仿着黄晓明的英文发音大声重复“Jetlag（时差），Jetlag”，然后在老师困惑的眼神中跑走了。只剩他孤身一人拿着地图站在原地。

老师，学校很大，别迷路喽。

公寓里有
新加坡学长，
以及他的“朋友”

我的家离伯克利校园有着不短的路程，所以每天往返上课显然不在计划范围之内。得亏之前认识了一位在伯克利读书的“程序猿”学长，愿意把他的公寓借给我和另外一位深圳的学长暂住两个月，这才解决了我走读的麻烦。

接送我的司机把我放在了公寓门口，一个扎着麻花辫的流浪汉横在门前，挥舞着小旗子高喊：“伯克利加油！伯克利万岁！”经过的路人戴着耳机远远绕开。

我提着硕大的箱子站在公寓的房门前，过道上，几十只伯克利特有的小虫子盘旋在一盏盏昏黄的、时亮时暗的小灯下。地毯早已分辨不出本来的颜色，只是隐隐透着一股可疑的暗红，也不知是楼下川菜馆的酸辣汤还是校门前汉堡店的番茄汁。

嗯，跟我脑补过的大学公寓楼八九不离十，那么据我猜测屋内应该会有散落一地的衣袜，洗碗池里堆积如山的碗筷，墙角的篮球、足球以及冰箱顶上藏得十分隐蔽的酒瓶子。

我打开门，迎面撞上了一个大个子，他赤裸着上身，露出坚实黝黑的肌肉。他比我足足高了一个头，叼着牙刷居高临下地看着我。

“您好，请问您是新加坡籍的那位学长吗？”

学长点点头就转身回厕所吐泡泡了。我仔细打量光线并不是十分充足的房间：

散落一地的衣袜，洗碗池里堆积如山的碗筷，墙角的篮球、足球，冰箱顶上藏得十分隐蔽的酒瓶子，还有——

学长的房门前斜倚着一个女生，踩着拖鞋，身上只罩了一件宽大的白T恤。

“小弟弟，我是越南的哟……”

……大姐您男朋友正在厕所口吐白沫呢，您就别那么热情好客了呗。

我痛苦地闭上眼，默默祈祷着这里的墙壁隔音效果能好一些（祈祷当然失败了：D）。

由于赶飞机一夜没睡，加上时差的折磨，我放下行李铺好床后倒头就睡，直到半夜才醒了过来。睡梦中，只觉得有人在大声地捶门。我走出房间，差点被扔在地上的衣服绊倒，我看了看，好像就是那个越南女生今天穿的那一件。显然，那位新加坡来的大哥把在家乡不能随地吐口香糖的愤怒一股脑发泄在了这片自由的土地上。

我收拾好背包，把钥匙揣进口袋准备出门找点吃的。一打开门就看见一哥们儿瘫软在门前，靠在一个旅行箱上，他听见动静猛地抬头，吓得我连退几步，心中暗叫不妙，没想到刚来就要被打劫，真是出师不利。我看着他发红的眼睛，寻思着厨房里还有几把菜刀，没准能凑合凑合。

那人一跃而起却没成功，半跪在我面前，紧紧地抓住了我的双手，我看着他一副纵欲过度的虚弱样子，觉得可以一拳就把他放倒。

我又是连退几步，撸起了袖子。

半夜，我和未来两个月里将生活在同一个屋檐下的深圳学长坐在通宵营业的餐厅里吃夜宵。学长狼吞虎咽一番，一口气喝干了一罐可乐，打着嗝开始诉苦。我正愁无聊，也就乐得做一回听众。

“唉，哥们儿啊……你是不知道，我刚来差点被那走廊吓尿，跟鬼片里的道具似的。一过九点，前后左右的房间里全是羞羞的声音，我一动弹你对门还有狗叫。”

我不知说什么好，趁着他又要了一罐可乐的空当转头看向窗外，刚好看见白天的那位流浪汉蹲在餐厅门口的垃圾桶旁，几个小哥走过去放下一盒打包的盒饭。

我望着揉着太阳穴的学长，举起他今天刚刚在纪念品商店买的小旗子，不住地摇晃：“伯克利万岁！”

在大名鼎鼎的伯克利上课是什么体验

经过三天的等待，我在伯克利的夏季课程终于开课了。

第一节课开始的那个早晨，我仿佛回到了遥远的小学时代，换上了一身新衣服，背着收拾整齐的书包走进了校园。

校门前全都是比着剪刀手笑容灿烂的游客，还有成群结队穿着统一制式衬衫的夏令营学生。我呵呵一笑，大步踏入校园。

可是我忽略了自己也是个不认路的菜鸡的残酷事实。我穿过了一队又一队挥舞着小旗子的旅游团，却始终找不到那栋名字生涩拗口的教学楼。我询问了正吹着口哨打理草坪的工人，和欢快地卸着货物的司机进行了友好的长谈，跟开着电瓶车兜风的校园保安仔细地分析了一下校园布局情况。

然而他们都不知道我那栋教学楼的方向，只知道一遍又一遍地重复：“欢迎来到伯克利！这里将成为你的第二个家！”

我感叹着我何德何能也能享受到王思聪的待遇会在自己家里迷路。最后我只好微笑着和他们告别，无奈地返回校门口，在游客们中间穿梭。终于，我在一个大叔的背包侧口袋上找到了我迫切需要的那份校园地图。谁知，我刚开口，他就一只手拎着啤酒瓶子，另外一只手拍拍我，自信地回头，大步向前走，完全无视地图的存在。

五分钟后，我站在那栋我前后路过了三次的教学楼前。

我推开沉重的玻璃门，在一阵令人牙酸的吱呀声响中走进了那栋神似废弃仓库的四角楼。我踩着塑胶台阶晃晃悠悠走向地下三层，地面凹凸不平，却出乎意料地干净，像日本东京的街道。不愧是名校，破旧都破旧得自成一派。因为正值假期，曲折的过道里空无一人。我小心地走进阶梯教室，发现只有一对白人男女坐在前排。

我之所以称他们为一对，是因为那个男的一直在说着什么风趣的话，逗得女生不断推搡着他的肩膀，而女生也时不时撕下一小块面包塞进男生嘴里。好一对恩爱的情侣。

你看，在他们面前，我好像一只狗啊。

“对了，还没问呢，你叫什么名字呀？”男生含着面包含混不清地问女生。“哈哈，很高兴认识你，我是……”女生一边擦手指一边微笑着回答。

我默默地坐到了后排，掏出手机刷起了热门微博，想跟这个突然有些陌生的世界重新认识一下。

“砰”的一声，教室门被人粗暴地撞开，一个梳着爆炸头配粉色衬衫的小哥戴着抗噪耳机走了进来。

开学第一天，神清气爽，朝气蓬勃。

这人……是教授？一直计划着要跟教授培养感情的我犹豫着要不要站起来。

直到他一下瘫在座位上开始玩起手机，游戏的音效声从他的指缝中漏出。

呵呵，我就知道伯克利的教授不会用这么热情的发型搭配如此风骚的衬衫。

一位雍容华贵的夫人踏着高跟鞋推门而入，我看了几眼继续待在座位上。呵呵，堂堂教授怎会涂着可怕的黑色口红，还在用手机看《绝命毒师》？

戴着眼镜，表情严肃的华人小哥和抱着篮球的非洲裔肌肉男先后走入教室。紧随其后的是一个中年白人，留着精心打理的钢铁侠式络腮胡，西装笔挺，抱着一沓资料。

这位，就是传说中的教授了。

我掏出新买的带有伯克利大logo的笔记本，斜眼看同桌时才发现人家的笔记本都比我的要厚上两三倍，甚至连备用的笔芯都比我多带了几管。

很快，我就知道了原因。

这节美国历史课上，幻灯片只有寥寥数页，每一页上都只有一两个粗体单词作为标题，而剩下塞满了两个小时课堂的内容则全都会从教授的嘴里说出来。所有人都在埋头记笔记，然后趁着教授喘息翻页的空当，匆匆低头喝一口酸奶，吃一块三明治。

没有传说中的名校独特秘诀，只不过相较于高中，教授先生的声音要好听多了。

“Do you have any questions（你们有什么问题吗）？”教授一句话伴随着伯克利钟楼的钟声一起，惊醒了仍在埋头记笔记的几十个学生。

一阵死寂。只有酸奶喝完时吸管发出的呼噜声。

“那就……明天见啦。”教授潇洒地把讲到兴头时脱下的西装往肩上一搭，从侧面看倒还真有几分托尼·斯塔克的风骚劲儿。

教室里瞬间人声鼎沸，学生们拎着没有合上的书包往门口冲，文件夹里的活页纸散落一地。不少人为了省时间直接踩着小桌板往上跳，被绊倒的时候重重落在台阶上，发出沉重的闷响。

走出“仓库”，好不容易与信号兄重聚的手机连续振动，是学长的短信：“今天中午吃拉面还是日本寿司啊？”

开学第一天，神清气爽，朝气蓬勃，当然要去那家跟爆炸头小哥的发型一样热情的川菜馆啦。

在伯克利洗衣服
是需要
生存智慧的

我是个处女座。

我的舍友，是天秤座。

两个极其爱干净的星座来到这间小公寓以后渐渐地丧失了身为有洁癖的人的尊严。起初的几天我们还会给地板吸尘，顺便擦擦桌椅，时不时对着吱呀作响挂满了蜘蛛网的百叶窗怒目而视。

然而一星期后，学长每天跟妹子出入大排档、烧烤摊流连忘返；我宅在家里看书、上网，偶尔和学长一起去健身馆跑步、打球。公寓地毯上早已堆满了各式各样的易拉罐和矿泉水瓶；吃烤肉的竹签以及吃了一半的盒饭放在桌上也无人打理；洗手间的镜子上各种颜色的痕迹凑起来足以召唤三条神龙；洗碗池里是堆积如山的碗筷，一打开水龙头，水池里的几十只小虫便飞得满屋都是。

世间最痛苦的事情莫过于眼睁睁地看着自己堕落却无可奈何。

但是，我们仍然坚守着最后的底线：

换下来的脏衣服，必须一个星期洗一次。

周六到了，我和学长拎着满满的洗衣篮走到一楼的洗衣房。学长已经在大学宿舍历练了一年，对洗衣房的种种乱象和他口中所谓的“潜规则”早已了然于胸。

洗衣房不大，两台洗衣机，两台烘干机。

我们站在洗衣房门口，呆立良久。我转头看看沉默不语眉头紧皱的学长，心中一凛：莫非这看似普通的洗衣房里有什么玄机?

又过了一阵，学长终于开口：

“这洗衣房……灯的开关在哪儿？”

房间中央亮起一盏孤灯，只见洗衣机上挂着一张告示，上面只写着三个粗体的单词：“OUT OF SERVICE（暂停使用）。”

我见状便直接走向下一台机器。

学长拉住我，自信地朝我点头：“这你就有所不知了，有些人为了提前占位置，就会自制这种告示让人不敢用洗衣机。哼哼，这种小伎俩也想骗我？”

我再仔细看那张A4纸，边边角角都是水渍，底下连个物业的标识都没有。我不禁对学长佩服得五体投地，不愧是上过大学，用过洗衣房的人啊。

学长拍拍我的肩膀：“小孩子还是跟大人多学点，没坏处的。”

我点头如捣蒜。

学长潇洒地将告示揉成一团丢在一边。

学长潇洒地把衣服倒进洗衣机。

学长潇洒地投入硬币，按下开关。

然后——

学长潇洒地捶打着洗衣机，时不时补上一脚想要把自己的硬币踹出来。

学长痛失四枚硬币和一勺洗衣粉，怒发冲冠。

一小时后，学长用我那台机器洗完了衣服，准备烘干。

可是……

“我×了个×的×××的××，差了两枚硬币。”

其实，学长，你头上冒的热气已经足以把衣服烘干了，顺带着还能替我烘一件外套。

我站在一旁，憋笑憋得很辛苦。

晚上六点，我和学长坐在饭店里，喝完最后一碗排骨汤，冲着老板招手：

“老板，埋单。”

“对了……多找点硬币。”

我掰开Fortune Cookie（幸运饼干。为了提高顾客体验，一些餐厅会在甜点里夹上印着名言警句的小字条，供客人餐后食用），读着小字条上的名言警句：“人生就是这样，绕了许多弯路之后才发现那条你一直没有想到的捷径。”

我看看餐厅对面的银行，再看看坐在对面正跟老板讨价还价只求多拿一枚硬币的学长。

“学长……我们去银行，应该就能换到硬币了吧……”

“……”学长瞪着我。

“……”我瞪着学长。

终于，我们再次来到了洗衣房，这个梦开始的地方。

我熟练地开门，学霸流畅地开灯，配合默契，两人携手大步走向烘干机。

我在烘干机前犹豫不决，迟迟不肯投下硬币。

“又怎么了？！”学长拎着沉甸甸一袋硬币，表情很吓人。

我指指烘干机上面挂着的一张告示，“OUT OF SERVICE”。

学长二话不说，远远绕开机器，走向另一边：“我发扬风格，学弟你先用另外一台，我等你。”

我看着仍有心理阴影的学长，耸耸肩，慢慢把衣服塞进烘干机。

这时，一个戴着大耳机，穿着运动背心的小伙子走进洗衣房，扯下那张暂停使用的告示，塞进自己的口袋里，然后把满满一筐的湿衣服一股脑倒进了烘干机。

只留给我们一个哼着歌离去的背影。

我和学长对视一眼，不约而同地开口：“要不，我们两个星期洗一次衣服吧？”

世间最痛苦的事情莫过于眼睁睁地看着自己堕落却无可奈何。

但是，我们仍然坚守着最后的底线。

伯克利大学
附近的饭菜
到底好不好吃?

早在伯克利暑期大学课程给我寄了录取通知的时候，妈妈就趁着某个周末拉着我来到伯克利大学城进行实地考察，而我暑假两个月生活的温饱问题也是考察的重点内容。最终，伯克利校门口的一家川菜馆和随处可见的美式快餐厅被我妈列入了合格清单。

课程十点钟开始，我九点钟就早早出门，走进已经开始排起长队的Subway（赛百味，是一家源于美国的跨国快餐连锁店，主要贩售三明治和沙拉）。不知在哪里看到的一条微博："想体会被中央情报局审讯的感觉吗？去Subway点一次三明治吧！"我一介良民，对这种体验并不感冒，于是每次都会让手里抛着小刀的服务员顺着我的手指，在高高悬挂的菜单上寻找固定搭配。

这家Subway开在了黄金地段——伯克利大学的正门口。我坐在靠窗的座位上，看着来来往往的学生、流浪汉，还有许多被家长拖着来参观名校风采的小孩子。

“能耽误你点时间吗？”我刚咬下一大口三明治，一个戴着金丝眼镜的中国人就坐在了我的面前。

我一愣，国内的安利什么时候都开始发展海外业务了？

“你是这儿的学生吧？我来跟你了解下情况。”

我看看他后面站着的满脸关切的妇人，和徘徊在Subway门口不耐烦地扭动身子的儿子，顿时了然。

“你觉得考上这所学校要具备哪些条件？”

纳尼？作为一个高三的学生，这种问题其实我也很想知道呀。

我艰难地摇摇头。

“你是在伯克利上学的对吧？”

我竖起一根手指，示意他们等等。

“不好意思，不打扰了……”男人时不时看看门外做鬼脸的儿子，刚想起身离开就被他老婆一巴掌扇回了座位。

“不好意思啊，我们只是咨询一下。”妇人白了她老公一眼，和蔼可亲地对我说。

“我知道……没事没事。”

我当然知道他们的迫切，只不过刚刚那颗肉丸太大，我差点被噎死罢了。

我们聊了约莫二十分钟，这期间他儿子进来了四次，我每回答一句他就会摇晃着父母的胳膊表示这些他早都知道了，别浪费时间了。

我宽容地对叔叔阿姨笑笑，表示自己小时候也这样，心中已然有定计：小朋友，初次见面，哥哥我身无长物，只好送你踏上一条通往成功的康庄大道以表示诚意了。

毕竟看在你只是个初中没毕业的小孩子的分儿上，我是一定不会放过你的。

“叔叔阿姨，我觉得吧，出国的话一定要越早培养越好，像您的孩子，都初中了，还没开始上补习班，我都替他着急。以我看来，他最好马上开始上SAT，PSAT（Preliminary SAT，SAT预考），ACT（American College Test，被称为“美国高考”），托福和雅思的培训班……对对，最好都上一遍，我现在都后悔没上呢。题目是一定要刷的，越多越好……”

我笑容灿烂，在叔叔阿姨的道谢声中挥手告别，门外那孩子将我们的谈话听了个大概，面如死灰。

“小弟弟，加油哦。”我真诚地鼓励。

然后转身，边走边皱着眉头大口咀嚼三明治：下次还是买牛肉芝士的好了，这意大利肉丸又大又酸，吃起来费力不讨好。

离Subway不远的街区，还有一家韩国料理店，老板长得活像《名侦探柯南》里的图书馆馆长，刷卡时动作干净利落，目光冰冷。每当我点出招牌菜牛排饭的时候便会咧开嘴冷笑几声，使得我在小票上签名时都心惊胆战。虽说这家店的味道自成一派，菜肴也别有风味，但我仍然吃了两次后就对其敬而远之。罪魁祸首不是那可止小儿夜啼的老板，而是摆在角落里的两台高清大号电视机：每逢有韩国队伍参与的体育比赛，整个饭馆里就聚满了把脚踩在椅子上兴奋呐喊的韩裔。我叼着牛排，看着周围眼睛发红高喊“大韩民国”的众人，十分怀疑他们随时会把我这个来自东土大天朝的异类吊起来为球队祭旗。

不过真正意义上被列入了我黑名单的餐厅，只有那家川菜馆，作为首批获得认证的荣誉餐厅，它并没有好好珍惜这份荣誉。菜的质量一日不如一日，偏偏那位老板又十分健谈，自以为风趣。

我下课时间早，十二点半就能坐在空空的餐厅里翻菜单了。这时候，那位满面红光的老板就会大大咧咧地坐在我的面前。

“我们新出的水煮肉片好吃啊！我自己都喜欢！”

呵呵，我再傻×也知道不能作为这种新菜肴的第一批试验品或牺牲品。服务员每上一道菜，老板就会指着它，十分激动地起身：“快尝尝快尝尝！好吃吗？好吃吧！”

我也只能点点头，一边往嘴里灌茶一边称赞这是我吃过最好吃的土豆丝，一点都不咸。同时不着痕迹地把菜慢慢拖到我跟前，远离老板的口水溅射范围。

好不容易老板挠着肚腩起身视察厨房去了，我赶忙往嘴里塞着食物，企图在他再次现身之前结账走人。

“哎哟，吃慢点吃慢点！别着急呀，我知道我们这儿的菜特别好吃，比如你嘴巴里这道水煮鱼……”

老板抱着一个大号保温茶杯迈着方步走了回来。

敢情他刚刚是说得口渴给自己泡茶去了。

我扔下几张钞票，摆摆手拒绝了正给我端餐后甜品的服务员，大步走出店门。

哎呀我去，她刚刚好像端上来的是醪糟汤圆，可惜了。

都怪这老板。

期中考试过后，我坐在麦当劳的白色塑料椅上，刷着微博，慢吞吞地啃着双层芝士汉堡。尝过了日本菜、中国菜和韩国菜之后，最终还是回归到金色M旗帜的怀抱。我擦擦嘴巴，走到柜台前，带着几分白人大叔在日本居酒屋猛灌清酒时的豪气："再给我上两盒鸡块！"

千万、
千万、
千万，不要在美国理发

在深圳老街，如果你看到有很多香港人排着队带孩子过来理发，请你理解他们，因为深圳理发便宜；如果你看见从美国归来的学子，披头散发，刘海遮目，请你不要嘲笑他们，因为他们在美国找不到不把自己理成囚犯的理发师。

以本人的实践经验，先告诉大家一条真理：不到万不得已，千万、千万、千万，不要在美国的理发店理发。

来美国之前，就有学长告诉我，他自己的经验是在美国将头发留长，回国后再让理发师认真修饰。可惜那时候，我网络小说看得有点多，满脑子都是外出闯荡的少年在异国他乡蓄起一头长发，回国后才遇上有缘人将其绾起的恶俗桥段。

我在美国的第一个理发师，是个满脸横肉的老妇人。我瞧着她一边偷瞄着小电视里的电视剧，一边把我的头顶推成了未老先衰的典范：四面乱发丛生，唯独中间地带林木稀疏，活像个盆地。从此我也学聪明了，每到回国前，额前的刘海儿都快盖过下眼皮，随便出去走走回来时都能满头大汗，只待回国后将自己这颗脑袋交给那位替我从小理到大的发型师打理。

可是今年暑假，我将在伯克利的大学城度过。下次见到我亲爱的理发师Ricky（对，不是Tom）叔叔至少也是明年暑假的事情了，真要把头发积攒到那时候，我一个人都能比肩至少三个杀马特。

上帝啊，希望Yelp（美国最大的点评网站）靠谱点，能给我推荐几家质量上乘的理发店，阿门。

我瞪着手机屏幕，凡是大众评分四星以下的杂牌店全部忽略，后来悲伤地发现离我最近的一家五星发廊在几十公里以外，等我走到那儿估计美国的下一任总统都选出来了。

其实作为一座鱼龙混杂的大学城，伯克利大学附近就有许多的理发店。可每当我看到那些红绿相间的广告牌上“精品文身”的字样排在“美容美发”前面时，我就望而却步了。

我的头发显然不是很了解伯克利的风土人情，依然兀自疯长，我在伯克利待了不过两个星期，左额的刘海儿就垂到了眉角。我只好背起书包，在大学城里还算热闹的几个地段里溜达，想着最起码也找一家中国人开的理发店吧，好歹我让他理短发他不会给我剃光头。

虽然我发现，在这儿的理发师眼里，光头和短发两者间的差别并不大。

终于，我在一家理发店里，竟然看见了一尊关公像，摆在正中间的走廊尽头。关将军须发皆张，英姿勃发。既然见到了阔别已久的关老爷，那还有什么犹豫的？我一抬腿就迈进了门。

排在我前面的是一头卷毛的印度小哥和一个抱着滑板梳着大背头的白人。我坐在理发店门前布满补丁的旧沙发上，百无聊赖，索性戴起耳机在手机上刷着A站。

在《霸王别姬》的咿呀声中，我听到了那个好像是来自东南亚地区的老板娘叫着我的名字。我摘下耳机，站起身，才发现之前的两位都已经在掏钱包付账了。只是……印度小哥你那风情万种的卷毛呢？白人大叔你一丝不苟的大背头呢？为什么现在都变成了整齐的平头？你们是要手拉着手结伴入狱服刑吗？

我想后悔却已经来不及了，老板娘指指身旁的座位，挥舞着一条鲜红的毛巾。

……您老人家是在斗牛吗？我绕过毛巾，径直坐下。

“客官，你想要怎么理？”

哦？居然还知道问我的意见？我看到了一线生机，认认真真跟她描述了一番，头顶小碎发，两侧中等长度，把刘海儿打薄云云。老板娘大力点头，竖起大拇指。

嗯……不过……喂喂，喂喂，我记得当初明明选择的是“中等”吧？我怎么已经看到我惨白的头皮了！如果我当初选了“极短”怎么办？你要把我的脑浆剃出来吗？我一没失恋二没失业真的不需要理一个光头来表达我内心的愤怒的。

你是毕加索的学生吧？我的后脑勺什么时候变成抽象派了？

老实交代，你是不是还偷师凡·高了？你瞧瞧我天灵盖上桀骜不驯的一撮毛，是不是跟他老人家《雏菊》里风骚的小花瓣一模一样？

单手持理发器随意挥洒就算了，可你当你是《爸爸去哪儿》里刚学做饭的爸爸吗？你站那么远干什么？

我又不会打你。

嗯……上一句话我可能会收回。

对了，你理缺了一块儿的时候，没必要突然开始找我聊天转移注意力的，我头发短，见识长，什么都感觉得到。再说了，您理发前已经用那个粉红色的小喷壶洒过水了，没必要施加人工灌溉。

……我想起了走廊尽头扛着青龙偃月刀的关老爷，他脸上原本豪爽的笑里突然透出一股说不出的揶揄。

“在这里当财神一定很乏味吧，看着各种各样的人顶着同样的脑袋走过您老人家的面前？”

我看着镜子里晃动着的胳膊，以及游离在镜子倒映范围之外的理发师。二十分钟后，我的肉体离开了理发店，走向了前往公寓的小道。而我的灵魂却早已蹦蹦跳跳加入了印度小哥和白人大叔的服刑队伍。

最后，请大家再次仔细地大声朗读本文题目，并记在心里。

我的头发显然不是很了解伯克利的风土人情。

我和教授的
一场不友好谈话
以及其他

在距离伯克利大学三个街区的一栋公寓楼里，住着两个偏科偏出新高度的学生。

我是那个文科生。

因为我理科很烂，所以把自己归为文科生一类听上去厉害一些。

我的学长则从小对电子工程（电脑游戏）感兴趣，早在高中时便周游列国，在各种世界机器人大赛中获奖，同时还是Dota 2国服5000分的高手。能轻松拼凑电路板的他却往往会对着一道论述题抓耳挠腮，连干几罐红牛仍百思不得其解。最后在一声“老子不写了”的怒吼中点开电脑右下角的Dota 2图标，以各种惨无人道的方式虐杀对手，或是在《魔兽世界》中骑着自己的绝世名驹碾过小酒馆门前无辜的小贩，过把当城管的瘾。基于他个性鲜明的解压方式，以及他书包里那一堆拼了一半的半成品机器人，我们大概可以推断，他是个理科生。

所以，我才得以见识到伯克利大学文理两科教学方式的不同。

代价是需要忍受每天从隔壁房间传来的一声声：“上上上，快杀了他！”

文科

我历史课的教授来自天寒地冻的北国俄罗斯，他当年举家移民美利坚时显然得到了上帝的不少眷顾，以至于出身战斗民族的他却偏偏对美国近现代宗教发展史有着浓厚的兴趣。能在一节课时间里就尽数美国数十年黑奴历史的他往往会在宗教变迁史上花费两三节课时。我们厚厚的阅读材料里也就有一大半属于当年各种专家讨论达尔文主义的论文，以及许多保守派和革新教派之间的争论。从来都把双手背在身后的他甚至会动手在那块自打开课以来就光洁如新的白板上画出宗教发展脉络，写下各个学派的理论。

我为了那封大学申请推荐信而企图和教授搞好关系时，想起了新生见面会上那位白人学霸的教导：“多去Office Hour，很有用，一定要去！”他认真的目光扫过每一个人的脸，然后不好意思地笑笑，“……虽然我没去，但是挺后悔的。”

我沐浴焚香，在日历上用飞镖选出良辰吉日，来到伯克利自带恐怖片场景的教师办公楼，向教授咨询美国华人历史问题。

“老师，我想跟您聊聊当初留美幼童的事儿。”

“没问题没问题，我举个例子啊……比如说在十九世纪达尔文的思想刚刚进入美国的时候……本土的教会就……”

“老师，留美幼童是中国清朝政府派出的……这个跟达尔文他老人家……”我一边记笔记一边小心地询问。

然后在心里吼出下半句：这跟达尔文他老人家有个啥关系啊！

“嗯……你这个问题，还要从十九世纪末期美国基督教派的一系列变动说起，当时，大部分民众……”

“老师，那加州唐人街的华人劳工呢？”我趁着老师不住咳嗽，往喉咙里灌水的空当，努力地把话题拉回正轨。

“这个问题问得好，”教授精神一振，拧上了水壶的盖子，“我其实专门研究过一阵子，他们刚来的时候，基督教已经在美国本土传播得较为彻底了，所以……”

我强迫自己在笔记本上写写画画记下重点，不然我恐怕真的会在这间暖气开足的房间里一头睡倒在教授怀里。

“好了，说完了基督教在西部的影响这些背景知识，我们就可以谈论华人的问题啦。”

我抬起头，眼神里充满了期待。

教授站起身，把西装外套仔细整理后挂在衣架上，走回办公桌前坐下，打开电脑，点击着鼠标，神情专注。

我坐在沙发上，不知道该如何是好，便望向窗外，默默在心里点评几个在草坪上踢足球的人的球技。

“怎么了？还有问题吗？”教授诧异地看向正盯着窗外出神的我。

“您不是说……”我诧异地看着教授。

“可是时间不够了呀，这样吧，你下周这个时候再来吧。”

“……”谁能告诉我，在美国把笔记本扔到教授头上要判几年?

“我非常期待与你的下一次见面。”教授礼貌地点头。

不不不，再也没有那样的日子了，我心中轻叹，脑补程蝶衣幽怨的眼神。

经过两个小时的熏陶，我没信仰基督，反倒入了火锅教，饥肠辘辘塞了满脑子课堂笔记的我和学长两人在校门外的火锅店大快朵颐，吃得满桌子汤汤水水。

对了……如果你在美国上高中或大学的话，Office Hour很有用，一定要去……

理科

我和学长刚刚认识时，每天下午都会在Subway吃三明治，并透过玻璃窗看着对面正在施工的伯克利校门口，互相吹牛胡侃。

今天，则是学长的超巨型长篇口述自传《我为什么这么厉害》第一季的最后一集。

“话说，我从小就天赋异禀，对机器人组装那更是无师自通。”

学长叼着一根粗壮的香肠，一脸的享受，好像自己叼着一根Behike雪茄（古巴雪茄烟草公司生产的限量版雪茄烟，是世界上最贵的雪茄之一），要把结实的牛皮和袅袅白烟一起吹出去。

“那时候，我因为技压群雄，嗯，我就是最强的那个，所以可以代表学校去伊斯坦布尔参加世界机器人比赛。”

学长眯起眼睛，望向窗外的碧蓝天空，灵魂好像早已跨过了尘土飞扬的工地，飞越太平洋，回到了他魂牵梦萦的荣耀之地——土耳其。

“你们比什么呀？”

讲故事的人们往往都会需要一个能适时提问将他们从回忆中拉回现实中的听众，比如说我。

“比赛踢足球。我编好程序，就能让机器人自己上去踢啦，”学长闭上眼睛，跷起二郎腿，“最后那个金牌我拿得可谓是——惊心动魄，实至名归。”学长说到兴头上，开始扭动着屁股，仿佛身下坐着的不是塑料椅，而是万千敌军残破的尸体。

一将功成万骨枯。

如果说，我这样初中毕业就出国留学的算是早早便从秦朝暴政下逃亡到桃花源的逍遥老农，那么我的学长则要凄惨得多，语文、英语、历史、政治全面挂科似乎是理科天才们的通病。他在中国高中的最后一年被注重全面发展的高考大魔王追杀得哭爹喊娘，慌不择路来到了大洋彼岸，本以为可以过几天舒服日子，没想到美国高中和大学的压力更加可怕，印度裔、白人、亚洲人三重夹击把原本志在麻省理工的学长直接一闷棍打晕扛到了普渡大学（世界著名高等学府，美国一级国家大学，美国大学协会老牌院校，美国十大联盟创始成员，主校区位于美国印第安纳州西拉法叶市）的校门口。

学长望着麻省理工的方向，一边用自己SAT没上2000的成绩单抹眼泪，一边抱着自己的机器人朋友们唉声叹气。

人总是会在绝境中奋发图强。学长擦干眼泪，在额头上绑起红布条，在敌阵中七进七出无人能当，最终达到了Dota 2中国服务器的排名顶端。

学长在伯克利选修的是计算机编程中的一种，好像是Java还是苹果的ios，每次上课都把身子藏在大大的电脑屏幕后面玩着手机，老师也不在意。而我们的历史课只有区区三十人还分了AB班，打个瞌睡都会被老师轻而易举地发现。每天晚上，我忙着赶论文，学长忙着骂队友。每到交作业前，学长便把未完成的作业从书包里倒在桌上，伴着Dota比赛解说的怒吼在纸上写写画画。相比文科生而言，工程师们的夏季课程看上去要轻松一些，因为学长在写作业的同时甚至还外包了几家公司的业务，靠着这些私活赚了不少钱，出门在外请我吃饭和请女生吃夜宵时也都底气十足。

期末考试结束后，学长面如死灰：考试时间全长三四个小时就考了四道题目，错一道题目就掉入了六十分的深渊。

学长强装镇定："哼，我告诉你，对于大学生来说，六十分就是及格，及格和满分几乎没有差别。我对其他没瞎蒙的三道题还是很有把握的。"

我："哦。"

学长最后错了两道题。

去丹佛——我们的征途是星辰大海

1

我从小就常听老师教育我们“小考小玩，大考大玩”，老师们的本意很可能是提醒我们不能临时抱佛脚，平时也应该用功学习。但是，我们这一代人最大的优点之一就是总能在各种教诲中找到对自己有利的一面，然后将其贯彻到底。

距离我在伯克利大学的课程还有三天就要期末考试的时候，我和学长就在毫无学习气氛的公寓里订下了前往丹佛的火车票。

说起丹佛，其实，我也不知道为什么要去丹佛。

学长说：“那里有座山，很漂亮。”

我说：“我家门口的公园里也有座山，颜值不低。”

学长说：“山里有山羊，我们去爬山看山羊。”

我说：“你英式没品笑话看多了吧？还好山羊梗这一口？”

学长说："那座山很高，我们去体验缺氧的快感。"

我还是不知道为什么要去丹佛，但是听上去好厉害。

毕竟，翘课坐火车去一座不太出名的山里看山羊，总是一件逼格很高的事。

"我们订硬座？"我看着陌生的订票界面，靠在办公椅上原地转了个圈，大声询问隔壁正在打Dota的学长。

想当初我们想要聊天时还会走到对方房间门口礼貌地敲门，然后倚在门框上温言软语文质彬彬。可好景不长，也许是懒得跨过铺满地板散发着过期芝士味道的比萨盒，也许是发现公寓墙壁的隔音效果实在太差，现在我们之间的交流全都靠一次又一次的声嘶力竭来完成。

"是啊，这种观景火车的座位很舒服……我×你倒是打他啊！我马上就来了！尿什么？"学长的号叫简直要把整面墙壁生生震碎了。

"你不是想爬山吗？为什么不去黄石公园啊？"我看着天花板上快被震下来的两只小蜘蛛，降低了音量。

"黄石公园我要陪我女朋友去的……欸欸！你别跟我走一起啊，小心被他大招轰死！"

我嚼着狗粮，选好座位，完成付款。

然后起身到厕所找抹布，去搞死那两只在我天花板上住了两个星期都平安无事，刚刚却不慎失足摔下的蜘蛛朋友。

我是谁?

我要去哪里?

看着在偌大机场衬托下显得有些稀疏的人潮，我暗自思忖。

2

由于被我在伯克利的理发成果深深地震撼，学长这样的懒货居然决定要专门去旧金山理发。

还顺便把我也带上了，用途是陪他一起逛街。

“学长我是男的。”我义正词严。

开玩笑，逛街这种事情，当然只能陪女生啊，我们两个男的手牵着手去购物商场算什么？庆祝同性婚姻终于在美国合法吗？

“所以我们刚好可以只去男装店啊，多省时间。”学长头都不抬一下。

学长……您这样……是怎么交到女朋友的？

“学长，我还以为你会找一家高大上的造型店，再不济也去一家私人发型工作室啊。”

我们出地铁站后，在烈日下徒步半个小时，来到了比伯克利大学城还要拥挤的旧金山唐人街。

然后按照导航，找到了那家经过海选、初赛、复赛等一系列角逐，最终在学长精心筛选出的十六强中脱颖而出的理发店。

虽然它的门口靠着几个吞云吐雾的黄毛杀马特，招牌上的“皇家洗发”还有一个错别字。

但是，看着学长绷紧的咬肌和阴郁的眼神，我把质疑声憋了回去。

罢了罢了，姑且相信网上的五星评价好了，总不可能满分是一万颗星吧？

反正理发的人又不是我。

学长跟随一个绿毛杀马特洗头去了，我在墙角的小沙发上找了个阴凉的位置坐下。

皮沙发的座椅温暖如盛夏，还带有些许湿意。

我看着刚刚站起来那位光头大汉，他的粉红短裤上印着明显的汗渍，一圈又一圈，神似环绕着小行星的陨石群。

我刚想起身挪窝，一个叼着烟的小哥就大马金刀地坐在了我身边，把我活活挤了回去。

然后他冲站在门口踌躇不前的女友招招手，示意她过来。

小哥故作绅士把位置让给女友，自己站在一边大声地发着微信语音。

很快，我就知道了他今天下午要去开新买的法拉利，明天要和大哥去品茶看古董，后天还要和女朋友去坐游艇出海。

他的女友则风情万种地在沙发上辗转腾挪，摆出各种很考验身体柔韧性的姿势，抱着男友的胳膊，满脸“我老公最棒最酷最帅”的表情。

我小心翼翼地用手中的杂志把她快翘到我鼻子底下的高跟鞋推开。

他男友的眼神一下子冷了下来，像是领地被外人入侵的雄狮，全身上下散发出浩然正气，坐在我和他女友中间。

哥们儿……你真的不热吗……你看你胳膊上酷炫的虎头文身都

被汗水打湿开始褪色了呀。

泥人也有三分土性，不能任人欺负，更何况我还是抗高温可循环的高级环保材料，我一咬牙就往他腿上靠了过去。

我是牛仔裤，你是长西裤，看谁耗得过谁。

滚滚热气袭击着我的膝盖。

这不仅是一场意志的较量，更是两个男人之间关乎尊严的对决。

局势对我很不利，因为这位小哥有女朋友为她加油。她依偎在他肩膀上，两人四目相对，含情脉脉。

按理说，女友温暖的怀抱本该是男生心灵的港湾，但现在……

小哥捏扁空空如也的香烟盒，竭力想摆脱女友缠在他脖子上的手臂。

因为此时此刻，在这样的天气这样的午后，女友温暖的臂弯……实在是太过温暖了。

就在小哥怒气值涨满，快要把整张沙发抡到我头上的时候，学长理完了头发，神清气爽地走到我面前。

他装出一副毫不在意自己形象的样子，不停地抓挠着满是发楂儿的后脑勺，发出沙沙的声响。却又忍不住偷偷瞄着镜子里的自己，摆出各种姿势，时而是霸道的冷笑，时而是俏皮的挤眉弄眼。

我站起身，右膝盖顿时一阵清凉。

身后的小哥也长吁一口气，回复微信的语气轻快了不少，说起兰博基尼的配置时也更加流畅。

“兄弟……你这发型……敢情也是个狱友？”

我看着学长擦干头发后露出真面目的十分标准的天朝监狱制式寸头。

“这你就有所不知了，你看我鬓角的弧度，还有后脑勺的线条，是不是都比你那时的路边款精致了许多？”学长把毛巾甩到椅子上，大有“大不了再找一家理发店从头再来”的架势。

“嗯嗯……”我摸着膝盖上被汗水打湿的一小块，连连应是。

虽然我至今都没搞清楚那些直来直往的锋利线条，和偶有血痕隐现的后脑勺到底哪里精致。

3

许多人总是常常自称拖延症患者。呵呵，笑话，这世界上哪儿来那么多的拖延症？只不过是懒惰的人给自己找的一个听上去很高端的借口罢了。

比如说我的学长，为了头顶上这三千烦恼丝就毫不犹豫带着我来一场说走就走的出行，只为了在旧金山唐人街理发。再比如说我，原本还在享受着去丹佛前最后一个可以睡懒觉的惬意早晨，一听学长要请我在旧金山吃饭，立刻就把裹在身上的被子扔到了角落，三五分钟后便整装待发，动作迅速得连钱包都忘了带，多亏有学长出门前的好心提醒才把信用卡揣进了口袋。

还有许多人总是常常自称“懒癌”患者。哈哈，滑稽，癌症这种人命关天的事情也是能拿来开玩笑的吗？只不过是懒惰的人对自己无奈的自嘲罢了。

比如说我和我的学长，眼见家门口的奶茶店突然歇业，便跋涉二十分钟跟随推着小推车寻找落脚点的流浪汉们一起来到伯克利大学城的边缘地区，排队十五分钟后终于如愿以偿买到了期待已久的红糖奶茶。丝滑的奶茶和弹性十足的珍珠就是对我们最好的奖励，喝奶茶的时候感觉自己的头发都在无风自动。

虽然结局是在回来的路上就把奶茶喝得见底，两人回到公寓后互相埋怨对方喝得太快，导致自己也匆忙喝完，没有细细品尝。

回到公寓，看着厨房角落已经摇摇欲坠的比萨外卖盒，和收拾了一半的旅行箱，还有床上自打来伯克利后就没有好好整理过，现在绞成一团的衣物。

“好烦啊，不想整理。”我绝望地叫道。

“打局游戏吧，”学长永远都抱着一种死猪不怕开水烫，就算烫之前也要挥舞着白里透红的猪蹄子再开一局Dota的乐观心态。

我也索性破罐破摔，打开A站看电影，时不时冲着隔壁嚷嚷几句：“快来看快来看，这个女配角好漂亮。”

至于明天就要带走，现在却还未收拾的行李箱……

唉，没办法，谁让我们患有严重的懒癌和拖延症呢。

4

从伯克利到丹佛，搭乘飞机只需要一个半小时。而我和学长却订购了车程长达三十二个小时的观景火车票。之所以被称作观景火车，是因为晃晃悠悠的铁皮车厢无论是穿过荒无人烟的旷野，还是经过陡峭的悬崖、湍急的溪流，都是不慌不忙，慢如龟爬，哪怕你反射弧长得突破天际，都有足够的时间把缓缓倒退的景色收入相机中。

我和学长早早就叫了Uber（优步，打车软件）的专车把我们送到了火车站。

那是伯克利城区较为边缘的地带。周末早上的九点钟，街上无人，还能感觉到些许寒气。

我们正往下搬行李，一个蓬头垢面的女人不知何时站到了我面前："￥%……&*"

"啊？"那女的口齿不清，语速奇快，蹦出的几个单词我一个都没能听懂。

"￥%……&*"女人也不慌，重复了一遍。

"啊？"

"￥%……&*"

"啊？"

天可怜见，我是真的听不懂，心里不由得抱怨：你说你一副亚洲移民的模样就说自己母语啊，哟西哟西思密达什么的我都能跟你兴高采烈扯上半天呀。

学长一手提着箱子，腾出右手把我连人带包一起拖进了火车站的大厅："流浪汉找你要钱你也能废话这么久？"

哦，敢情是美国流浪汉要钱的标志性口号"One Dollar（给一美元吧）"，小弟见识短浅，失敬失敬。

那之前一直跟着我们的流浪妇人停在了火车站的玻璃门门口，

驻足不前，等待着下一个目标，好像一个无所事事、找不到人类脑浆的僵尸。

在窗口领取票据后等了不到半个小时，火车就到站了。我和学长顺着稀稀拉拉的人群朝列车前端走去，在美国坐火车的人本就不多，更不用说这种“老年车”了。月台小道的右面，靠着隔离带的阴凉处都是互相告别的人们。

两个老头戴着军队制式的礼帽，互相敬礼，拥抱，临走前从口袋里掏出一个小酒壶塞进对方怀里，然后头也不回地大步离开。

一位母亲把穿着黄马甲的儿子交给满脸笑容一直说着“OK”的乘务员，自己蹲下身跟儿子击掌。

两个男青年以情侣的姿势抱在一起，一位小鸟依人般依偎在另一位的怀里，低声啜泣；另一个则搂着他，小声安慰，自己也眼眶发红。

我和学长嘴里叼着车票，走进我们的车厢，乘务员是个矮矮胖胖的白人，长着通红的酒糟鼻，声音洪亮。我和学长坐定后，他把一张写着“丹佛”的贴纸拍在我们头顶的行李架上，查完票后就走出去了，我们在二楼仍能隐隐听见他热情的吆喝声。

火车缓缓启动，我模仿着电影里欲赋新词强说愁的文艺女青年，把头靠在玻璃车窗上，看着远处的地平线。这让人十分着急的车速让我莫名想起了《头文字D》里无比傲娇的周杰伦：结尾发现妹子隐藏身份后顿时悲伤逆流成河，驾驶着A186一骑绝尘，把哭泣的妹子甩在原地。等到后悔时车都已经停在豆腐店门口了，妹子自然也早就不知去向，这便是车速太快的坏处了。要是年轻的周杰伦同学选择用我这火车跑路，基于这大家伙连A186卸掉两个轮胎后都只能跟在它后面吃灰的速度，等他开始后悔，列车没准才刚刚出城，跳车的时候连个跟头都不用翻就能稳稳落地，一路小跑来到妹子面前挽回爱情后还能牵着妹子的手去吃夜宵。

由于火车的慢节奏，搭乘火车的大部分都是满头银丝的老人，他们三两成群，互相搀扶着走过不断摇晃的一节节车厢。其中还有四五个中国老人，都带着大红色的鸭舌帽，上面还绣着“夕阳红”的字样，为首的老爷爷精神矍铄，身材挺拔，跟乘务员交流时居然用的是标准的英式口音。跟着他的老爷爷老奶奶们见他一挥手，都互相招呼着坐下，从背包里掏出面包、玉米，还有装在运动水壶里的热豆浆。

我们后面坐着一对中国小情侣，两人靠在一起，盖着同一条毛毯，在电脑上看着不知是综艺节目还是喜剧电影，嘻嘻哈哈笑个不停。再过一会儿，他们居然还从毯子下扯出了两三包辣条，配上前方爷爷奶奶们的豆浆面包，美国的火车车厢被成功地改造成了中国中小学门前的早餐铺，可惜少了肠粉和油条。我和学长饥肠辘辘，不堪忍受，夹着笔记本电脑跑到了餐车上，活活把泡面吃成了意大利天使龙虾芝士面，把速冻汉堡吃成了果木烟熏牛小排配法式小餐包。

餐车里是成群结队手牵着手的老爷爷老奶奶，他们年过花甲也不忘虐待单身狗。在这样的观景火车上，只要你天性喜欢与他人交流，并且能适应来自天南地北的英语口音，就能从那帮阅历丰富的老人身上学到不少稀奇古怪的知识，甚至就连不少二三十岁高举单反的年轻小伙子，都能对某个偏僻火车站旁高高堆砌的柴火堆表达自己的理解。白天的餐车里，喧嚣程度可以跟小学时家楼下的东北饺子馆媲美。

可惜，我和学长正坐在一起，用电脑看着他收藏了多年却没时间看的老电影，连看五部经典文艺片后就瘫软在能后仰三百度的沙发椅上睡觉，被乘务员叫醒时，已经能远远看见丹佛火车站不大的月台了。

当我们揉着眼睛走下车时，发现最初在站台依依不舍的两位小哥正躺在同一条毛毯下睡得正香。

5

丹佛有一只NBA球队，叫掘金，队里一水儿的黑面壮汉，打起球来如疯狗，在球场上横冲直撞眼神凶狠，每逢他们和湖人队打比赛的时候，我总要担心科比伤痕累累的身体是否又会受到摧残。来到丹佛后才知道，因为氧气稀薄生存环境恶劣，丹佛的人们和掘金队里的那帮凶兽一样，都生着不管不顾的刚猛性子，遇事不决便吆喝几声然后闭上眼睛就往前冲，只图一个痛快，就算最后粉身碎骨也无怨无悔。

走出火车站，城市的建筑风格颇为复古，路人的衣服也算齐整干净，我对丹佛的印象稍好了些。

过马路时，红灯亮起，我和学长在马路旁站定。

我们在这座华人极少的城市里绝对不能丢了中国的脸面。

我们绝对不闯红灯。

绿灯亮起，一位西装革履的白领一马当先穿过车流；几个打闹嬉笑的年轻人踩着滑板飘过了斑马线，逼得几辆轿车紧急刹车的时候还相互击掌；那位带着珍珠耳环的老太太刚刚走下车站门前的台阶时还颤颤巍巍，吓得我和学长以为她要随时躺在地上拉着我的裤脚要美元，此时却精神抖擞踏着小碎步，高跟鞋在水泥路上敲得咔咔直响。明明是她闯红灯，却敢挥舞着皮手套怒视经过的司机们。

路人不要命，开车的司机们也丝毫没有要礼让的意思，连笨重的皮卡都敢在人缝中加速，司机摇下窗户，露出满是文身的光头破口大骂，车上收音机里播放的死亡金属隔着三条街都能听见沉闷的节拍声。

我和学长站在马路牙子上，尴尬地望着天空，原本挺直的脊梁现在好像有点垮。

看来美国二线城市人民的素质也不是很高，我心里暗暗记下，以便日后和崇洋媚外的美分们争论时证据更充足些。

我们订车的租车公司是个小有名气的品牌，四面玻璃采光良好的门店里却连空调都没有，顾客热得喘粗气，前台小姐脱得只剩一件印着租车公司标志的黄色T恤，宽厚的肩膀把唯一的小风扇挡在了身后。我捏了捏摆在桌上的太妃糖，黏黏的糖浆沾了满手。

学长开车，我拿着手机放歌。学长的手机里全是屌丝备胎歌，两小时车程中不知放了多少遍《三人游》《演员》和《绅士》，听得我们愁肠百结，学长有时都要停下车来擦干泪水才能看清路边斑驳的路牌。

进山的途中路过了不少金矿，其中几座已经被改造成了游乐园，入口处停着断了一个轮子的矿车，旁边堆着几台粗制滥造的老虎机，山脚下路过的几条岔道都能把我们带去同一家貌似挺奢华的赌场，印着CASINO（赌场）的广告牌还颇有二十世纪八十年代美国上流社会纸醉金迷的范儿。

我们终于上山，盘山小路七拐八绕，居然连象征性的护栏都没有，稍有不慎就会连人带车滚下山，我们租来的小车开得十分艰难，学长想要喝口可乐都要我帮忙拧开盖子喂到嘴边。在靠近山顶的地方，我们却看见了几支往山顶骑行的自行车队，车队里居然还有不少满脸皱纹的老家伙，银白的发丝从头盔里漏出来，透明的鼻涕全冻在鼻尖上，每当有车辆经过时他们便在悬崖边摇摇晃晃。

山顶上的风吹得人无法喘气，偏偏植被稀疏，净是光秃秃的巨石。不远处是一帮打着赤膊的“亡命徒”在几块摇摇欲坠的石块间蹦来跳去喊着号子。我和学长看得蠢蠢欲动，却只敢慢慢在崖边坐下，双脚悬空，摆着各种逼格爆表的pose（姿势）拍照，脚下是几百米的悬崖和泛着霜的湖泊。我因为缺氧而有些意识模糊，但看着脚旁的些许积雪和第一次没用美颜相机就自拍的学长，好像理解了那些自讨苦吃骑行去西藏接受心灵净化的背包客。

我们待了不过半个小时便已经脸色苍白、嘴唇发紫，踉跄着走到停车场，在暖气全开的车里待了好一阵子才缓过劲儿来。下山时，还能看见许多人在半山腰的广场处做着俯卧撑，山里温度极低，运动的人们身上却都大汗淋漓，连半大的小孩子都咬牙跑步，身上热气腾腾的汽。

突然想起几年前，科比在季后赛战胜掘金，比赛进行到最后几分钟时大局已定，而全场观众没有离场，科比罚球时连天的嘘声和叫骂像是野兽被扼住喉咙时发出的低吼。

6

由于学长要赶下午回大学的火车，他提前三个小时就把我扔在了丹佛国际机场的玻璃门前，开着租来的小丰田扬长而去。

丹佛的机场占地面积极大，地广人稀，一眼望去尽是被枯黄野草覆盖的山丘。我领了登机牌就直接准备过安检，找家星巴克蹲上三个小时。下了楼来到安检口我才发现光在这儿排队的工夫都足够我织一件毛衣了。

虽然我还不会织毛衣。

站在队伍里，我不由得再次感叹美国最讨我喜欢的一点就是排队的时候没有人会紧紧地贴着我的臀部。身后的两个老太太在小声交流儿女的婚事问题，左边的印度爸爸左呼右喊企图让四处钻来钻去的六个孩子待在身边。工作人员翻翻我的中国护照，放我通行时还不忘冲我抛了个略有小成的媚眼：“泥豪（外国人说“你好”的发音）：D” 我投桃报李也眨眨眼睛，他身边正往证件上盖章的妹子一脸了然的表情。我又朝着他点点头表示感谢，经过他时却无意中瞥见了他胳膊上的彩虹色腕带……

走到候机楼才惊觉明天就要开始上学了，我也该把心思放在学习上了，虽然还不知道具体的课程表，但作为一个勤奋的好学生，我决定先用电脑查查资料，进行简单的预习。我盘腿坐在冰凉的大理石地板上， 从臃肿的背包里掏出新买的苹果电脑，小心地按下开机键。

四个小时后，广播里传来我的航班已经可以开始排队登机的通知，我合上已经开始微微发烫的电脑，收起纠缠在一起的充电器，揉着发红的眼睛缓缓起身。

嗯，消磨时间也不难嘛，A站上刷四部电影，时间就过去了。

我往前蹒跚两步，停在人来人往的路中央，呆立不语。

与我擦肩而过的人群中，有五六个约莫跟我差不多大小的女生，背着书包，叽叽喳喳；有扛着大号旅行包的背包客，胡子拉碴，却难掩眼中的傲气和冷漠；有提着黑色公文包步履匆匆的中年人，打着电话，眉头紧锁；还有几个白发苍苍却精神抖擞的老人，拿着相机，东张西望。

我是谁?

我要去哪里?

看着在偌大机场衬托下显得有些稀疏的人潮，我暗自思忖：从少年时的稚气未脱，到青年时的愤世嫉俗；从中年时为利益折腰为生计奔波，最后又回到对世界充满好奇、童心未泯的老年时代。好一个世事轮回！果然只有阅尽人生百态后才能返璞归真。

没想到在丹佛的机场也能收获如此人生感悟，也许朱熹所说的格物致知，也不过如此吧，通过生活中的烦琐小事而顿悟。

我转过身子，扭扭脚腕，原地跳了几下，顺着人流走向登机口。

抬起头看看不时有飞机划过的碧蓝天空，我的嘴角微微翘起：

腿不麻了的感觉，真好。

7

“来来来，大家看镜头，秀出你们的中指，一起大声说！”

“F——k美联航！”

此时，是晚上九点二十七分。距离飞机应该起飞的时间，已经过去了快三个小时。

三个小时前，工作人员撤下公告牌上的“旧金山”字样，换成了前往华盛顿的登机信息。

几个组团出行的中国老人发觉不对劲，颤颤巍巍走到柜台前，用生涩的英语轻声询问。

工作人员叽里呱啦说了一大堆，大意是你们要坐的飞机在隔壁机场着火了，所以我们正忙着给你们找新飞机呢，请耐心等候。

我耸耸肩膀，走回座椅，重新掏出电脑和手机，然后自顾自地和充电器较劲。

我的身后坐了一个韩国妹子，一直在用iPad看着Running Man（韩国SBS电视台在《星期天真好》单元推出的大型户外竞技真人秀节目），笑得前仰后合，好几次撞到了我的后脑勺。

“桥豆麻袋（日语的音译。意思是等一下、稍等），桥豆麻袋。”突然走来一个长得还算清秀的小哥，说着蹩脚的日语，毫不客气地坐在了韩国妹子身边。

“你是日本人？”妹子好奇。

“不是啊，嘿嘿，不这样你怎么会跟我说话呢？”小哥在搭讪之道上显然已经渡了几次劫，颇有道行，“毕竟Running Man这么好看，要是我也舍不得移开视线呀。”

妹子又开始前仰后合，我的后脑勺再次被撞击。

“你是去旧金山？”小哥坐在中军大帐内，派出先遣小分队试探敌情。

兄弟，你没看见人家手上的机票吗？这个时间这个地点不去旧金山难道去你家啊？

“你在旧金山有家人吗？没有的话可以先到我那儿寄宿一晚的。”小哥身披黄金甲，手持银月枪，英姿勃发，带领三千精锐发起突袭。

老兄，人家刚刚跟家人打电话汇报情况你没听见吗？人家脑子秀逗了？大半夜到陌生人家里去玩过家家吗？

“我家楼下还有个通宵营业的韩国烧烤店，我陪你聊聊天吧，如果你睡不着的话。”

三十万铁骑全部出动，杀声震天。

“那就谢谢你喽，你可别下了飞机就忘了你说的话哟。”妹子娇笑。

小哥的士兵撞开了城门，密密麻麻全站在城墙上，挥舞着旗帜，大声欢呼。

“哈哈，不会的，我待会儿上了飞机就挨着你坐，”小哥站起身，抛了个媚眼说，“先走喽。”

士兵们井然有序地打扫战场，慢慢从被占领城市的条条小巷里撤离。

他们纪律严明，没拿群众一针一线。

只有阅尽人生百态后才能返璞归真。

孤独的你
总有 星辰作伴

每个人在做自己
喜欢的事情的时候都有共同的特征：
眼神明亮，充满激情，
仿佛全身都发着光。

Mercury

Venus

Mars

Jupiter

Sun

Saturn

Uranus

Neptune

Pluto

冥王星 Pluto

冥王星之所以会获得这样一个名字，可能是它离太阳实在是太遥远了，以至于几乎完全处在黑暗之中。但即便遥远黑暗，也没有阻碍它的存在。

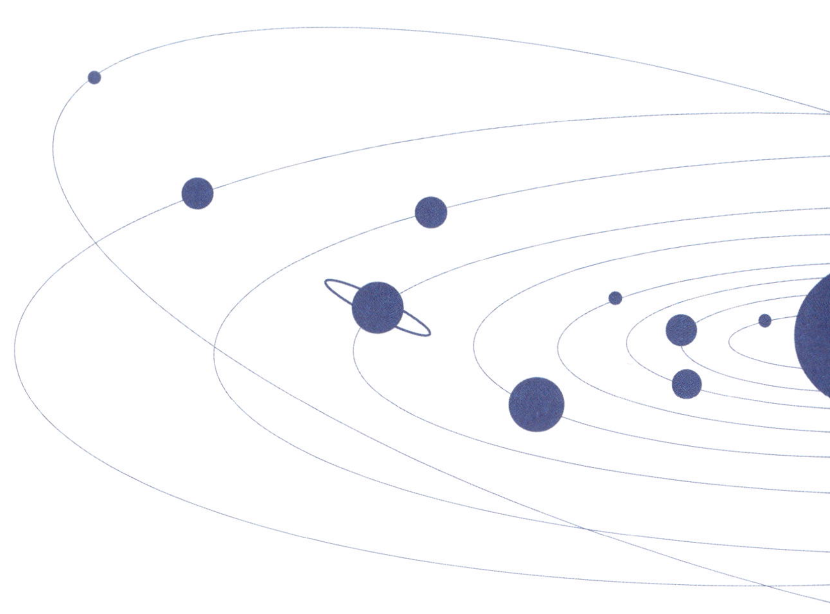

乔纳森：
游戏怪咖

世界各地的名牌高中里，往往混迹着一群来历不明的人。他们不做作业，蔑视权威，视规章制度为无物；他们上课只专注于哗众取宠娱乐大众，下课后聚众聊天打游戏；他们大小考试门门挂科，仍然面不改色笑口常开；他们淡然的笑容和洒脱的态度让周围每日苦读的学霸们如鲠在喉、如芒在背。

根据老师和家长们的描述，这群人是天边的流星，是绚丽的烟火，短暂的风光过后就迅速泯然众人，然后坠入滚滚凡尘被广大勤奋的好学生踩得渣都不剩。

来美国之前，我跟大多数人一样，坚定地相信这群好事之徒最后都会滚去工地搬砖。

认识乔纳森以后，我惊觉某些“好事之徒”未来可能会滚去自己的豪华别墅里搬金砖。

第一次见到乔纳森，是开学第一天。我在来往的人群中努力寻找着教室的方向，周围的每个人都沉默不语，神情肃穆，好像在参加一场葬礼，未来几年自由的葬礼。

有一个人例外，他明显是来喝喜酒的。

“你好！”

“你好！”

“你好！”

嗯，那个歪着头、咧着嘴、不停地摆手跟路人打招呼的胖子，就是乔纳森。

终于，他来到我面前，朝我挥手：

“你好！朋友！”

我沉默。

“你好！朋友！”一张神情夸张的脸慢慢靠近。

我把头偏向一边，开始认真思考我所在高中的招生标准是否存在缺陷。

我艰难地回答：“您哪位？”

“我哪位？！

“你哪位？！

“你从哪里来？！

“要到哪里去？！”

他脱下外套，露出白花花的胳膊，一边挥舞一边问了我以上四个问题。

终于，我被他澎湃得已经溢出的热情所打动，对他说出了我来到新学校以后最充满青春活力的一个单词：

“Bye（再见）。”

我转身，掏出课程表，继续寻找教室，身后的“你好”声仍然不绝于耳。

走进英语课堂，我在前排坐下，合上眼帘，双手合十，开始祈祷……

“你好！朋友！”

看来祈祷失败了。

我挫败地抬起头，看见乔纳森双腿叉开，半躺在椅子上，竭尽全力往后仰。

我闭上眼睛，听见了老师愤怒的咆哮，让他一二三坐端正五六七坐整齐……

他咧开嘴，笑得惊天地泣鬼神，如同弥勒佛下凡。

“老师，没事，根据物理学@#￥%……公式，我可以找到一个完美的平衡点，你看！”

整个教室里的二十个人目睹了他连人带椅人仰马翻的全过程。

然后看着他躺在地上搔首弄姿、风情万种。

春光乍泄，身败名裂。

老师笑而不语。

乔纳森面红耳赤：“老师你听我解释！这个公式没错的，我再试一次给你看。”

跟所有的电视剧一样，老师选择的是“我不听我不听”。

乔纳森掏出手机，迅速搜出物理公式递到老师跟前。

老师走上前去，仔细阅读公式，肯定了他敢于实验、富有创造力的科研精神，然后没收了他的手机，因为学校规定学生不能带手机进入教室。

午饭时间，我挤开一众小学弟，艰难地找到一张空桌子。坐定之后，我拂去桌面上品种繁多的食物残渣，长叹一声后开始祈祷：千万不要……

“你好！朋友！”

我咬肌绷紧，天哪。

他啪的一声将厚重的数学课本拍在桌上，掏出演算纸和铅笔，全身上下散发出浓重的杀气。

我心中一凛：莫非眼前这人就是那传说中神龙见首不见尾，平日以坏学生形象蒙蔽世人的超级大学神?

我敬畏地看着他把数学书推到一边，手持刀叉，大快朵颐。

我敬畏地看着他把演算纸折成一架架“做工精良”的纸飞机。

我默默戴上耳机提醒自己生气会伤肝。

下午第一节课是数学，我走进教室，拿出数学书，想起午饭时乔纳森的数学书跟我的一模一样，心中涌起一股不祥的预感。

我虔诚地在胸口画十字，祈祷着千万不要……

“你好！朋友！”

乔纳森厚实的背影让我在短短一天内尝尽了人生的苦涩。

十五分钟后，我忍无可忍，咬牙切齿地对乔纳森低吼：“同学……我知道你很寂寞，很孤单，很饥渴，但是……能不能不要在我的书上画男性生殖器官……”

我默默地抱着书挪到了最后一排。

数学老师看见了，朝我狡黠地眨眼：“是不是想开小差啊？来来来，快到第一排来！”

乔纳森在老师身后朝我挥手。

有时候，我觉得，这个世界真的，真的，很不善良。

一个星期后，乔纳森被老师请去喝茶。

因为他从来不写作业。

所以每门课程他都得了C。

据他自己描述，他每天在电子游戏里血战到天明，没空理会这些“儿女情长”的作业。

“真正的男子汉就要在沙场上英勇杀敌，直到自己生命的尽头！”正在手机上玩《马里奥兄弟》的乔纳森同学如是说。

每逢英语词汇考试，乔纳森都睡眼惺忪、神志不清地在试卷上鬼画符，同学们知道他其他科目的成绩后纷纷表示喜闻乐见，坐等低分。

然后他们的脸，被乔纳森一张张满分的词汇试卷扇得鼻青脸肿。

乔纳森挥舞着一张张满分的词汇试卷，谦虚地表示，对于每星期至少看三本小说的他来说，不拿满分都对不起他八百度的眼镜片。

好学生联盟宣称此类成绩不能代表真实水平，希望下一次考试尽快到来，不管什么科目都可以。

“对了，”好学生代表补充道，“英语考试不算。”

恰逢政治老师刚刚参加完凯蒂·佩里的演唱会，心情大好，当天就宣布下周大考。

政治考试的那天早上，原本就不通风的教学楼里弥漫着比以往更重的杀气。

Zoey从书包里翻出一沓复习提纲：“手写的笔记太乱了，我就随便整理了一下，顺便闲着没事用五种颜色标了下考点。”

Miranda打开厚厚的，已经被翻得毛了边的课本：“唉，我把知识结构归类了一下，居然有九类，我荧光笔都不够用了呢。”

乔纳森一言不发，从午餐盒里掏出一本笔记本，缓缓打开，一行行工整的蝇头小楷呈现在了我们面前。该笔记条理清晰，结构分明，辞藻优美，只不过……

“侧滚翻代码……狙击步枪获得地点……三人人墙防守指南……”

“什么鬼？”我忍不住开口。

乔纳森仰天长叹：“为什么CS的战术又出了一种！好难针对，好难克制啊！”

考试开始，教室里响起了沙沙的写字声，紧张的咳嗽声，以及乔纳森均匀的呼噜声。

望着乔纳森婴儿般安详的睡颜，政治老师摇摇头，默默抽走了他屁股下的座椅。

理所当然，乔纳森又挂科了。

咦，我为什么要说“又”？

学校的顾问又一次找到了乔纳森，并且对他的未来表示担忧。

原本一直低着头玩手机的乔纳森却一反常态抬起了头反驳：“老师，你知道吗，职业电子竞技玩家可以保送大学。”

顾问一时无语，只好低头继续翻找着乔纳森的不良记录：“你是职业玩家吗？打游戏能赚钱吗？还有你周五怎么没请假也没来上学？”

乔纳森眼神清亮，掏出钱包，拿出一张储蓄卡拍在了桌子上：“我是。我那天去跟战队一起打比赛了。对了，这里是我赢的3000美元。”

顾问摇摇头，一副朽木不可雕也的表情，把乔纳森的成绩单折好，递给他。

放学以后，乔纳森满脸愤懑和不解，拿着皱巴巴的成绩单站在雨中。我看着他落寞的脸，只好拍拍他的肩膀表示走自己的路让别人说去吧。

从那以后，我再也没有听见过乔纳森夸张的“你好”声。

有一天晚上，在我的强烈要求下，乔纳森在打游戏时，开了摄像头给我看直播。

我以前听乔纳森说过一大段人生感言，大意是每个人在做自己喜欢的事情的时候都有共同的特征：眼神明亮，充满激情，仿佛全身都发着光。

昏暗的房间里，乔纳森的脸上映着惨白的光，厚厚的眼镜片没能掩盖住他眼中的狂热。明明是一个爬楼梯都会喘粗气的大胖子，打游戏时却全身紧绷，肌肉突起，如同奔跑的猎豹；五根手指在键盘上灵活地敲打，活脱儿网络写手们最爱脑补的那种“手指在键盘上跳舞的男人”。终于，他将躲在烟雾后的敌人一枪爆头，长笑一声，豪气万千。他把鼠标往身后随手一甩，插上音响，雄壮的交响乐瞬间席卷了我的耳机，我看着乔纳森神情肃穆，对我比出“安静”的手势。数学课上灰暗的乔纳森，科学课上暗淡的乔纳森，政治课上沉默的乔纳森，在我的面前活了过来。

这一刻，他眼神明亮，充满激情，全身上下都在发着光。

当天晚上，乔纳森在Facebook上发表了一篇文章，讲述了电子竞技的发展和选手们选择这个行业时破釜沉舟般的毅然决然。最后，他附上了一首歌，《英雄联盟》第四赛季的主题曲：*Warriors*（《勇士》）。其中有一句话，他加大了字号：梦想总被现实主宰，我们就是创造被埋没时代的勇士。

第二天，乔纳森因为熬夜打游戏，我因为熬夜看乔纳森打游戏，两人都在英语课上昏昏欲睡。突然，我后脑勺被人狠狠拍了一巴掌：

“早上好！朋友！”

我惊讶地抬头，余光瞥见老师惊恐得仿佛噩梦重现的表情。

乔纳森半躺在椅子上，竭尽全力往后仰。

他朝我挥舞着白花花的胳膊：

“每个人想着自己的梦的时候，不管在多灰暗的环境下，心里都会散发着耀眼的光。”

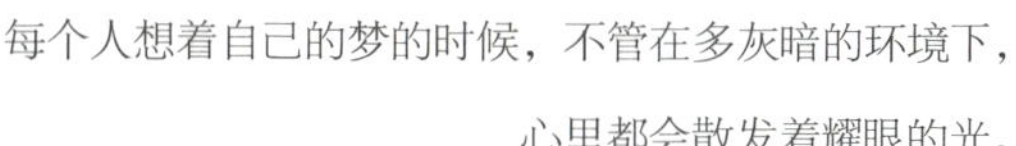

每个人想着自己的梦的时候，不管在多灰暗的环境下，

心里都会散发着耀眼的光。

卡特琳娜：其实你是一个好人

在美国生活了两年多，我不仅对加州的风土人情有了些了解，在美国高中生的性格研究领域也算是略有小成。不同于中国人偏爱的所谓宫斗戏码，美国青少年的脑力似乎只允许他们直来直往，像日本武士的钢刀，倘若没能重重砍在敌人的脑门上，那便让自己血溅当场。女生若不喜欢就会毫不犹豫一巴掌扇醒表白的男生，而不是用一张精致的好人卡宽慰他们脆弱的心灵。

而中国人的常用骂人用语则无非是“我×”或“他妈的”之类，以抒发个人情感为主，攻击他人为辅。可美国人不同：“F——k you.”你看，简单直接，目标明确，绝不伤及无辜。这两个短小精悍，SAT绝对不考的单词，却是美国学生之间最常用的语言之一。

而在巴思思高中，出现了一位奇葩，动摇了我对美国高中一向十分主观的看法。

开头的两段描述，在她身上，全部不成立。

那天，阳光很好，我领着饭盒往中文教室走。隔着门玻璃就看见乔纳森居然在壁咚一个女生。他宽厚的胳膊挡住了女生的脸，只露出一头披肩黑发。

乔纳森……难道是在表白？

我祈祷着这位仁兄千万不要脱口而出什么“生命的意义是什么”之类乱七八糟的话。

我悄悄走进教室，轻手轻脚地带上了门。

“卡特琳娜，你给我听仔细了。”

我放下心来，这开头虽然粗犷却不失真情，难得他认真一次，就不打扰他了。

“跟我念：F——k，you.”

“发——啊——克，you.”

这厮居然在教一个妹子说脏话。

我把乔纳森拉到一边：“你搞什么飞机？”

乔纳森神情肃穆：“卡特琳娜居然从不讲脏话。”

我吓了一跳：“世间竟有这等奇女子。”

乔纳森显然懒得废话，一转身又是“砰”的一声把卡特琳娜逼到了墙角。

乔老师循循善诱，而卡特琳娜坚决不从。

“你说不说！”

“不说。”

“快说！”

“乔纳森，其实你是个好人。”

我含在嘴里的一口水全喷在了阿曼达的电脑屏幕上。可怜的乔纳森，甚至还没表白过就收到了十五年人生路上的第一张好人卡。

卡特琳娜轻快地拍拍他的头：“以后别说脏话了，不礼貌，”然后指指我，“你也是，大家都是同学，要和谐相处，我知道你是个……”

我咬着牙打断她：“我知道自己是个好人。”

卡特琳娜就是这样，路见不平一声劝，这辈子就没骂过一个脏字。即便面前刀光剑影暗器飞舞，她也能随手接下射来的兵刃，然后打造成象征和平的十二铜人。我和乔纳森一直纳闷她的性格是如何在辩论队里混成主力的。靠发好人卡发死对手吗？搞笑了。

好像……还真是。

在看过一场卡特琳娜的辩论比赛后，乔纳森再也没打过传授脏话的主意。

卡特琳娜不过十六岁，却像个古龙小说里的孤独剑客，在用犀利的辩词把对手打得遍体鳞伤只能躺在地上抽抽时，她会仔细地擦拭着宝剑然后蹲在对手身边温言安慰：“其实你是个好人，虽然辩论的逻辑怪怪的。”

这时候躺在地上的那位多半会多吐一口血。

每当大家好奇卡特琳娜的性格成因时，她总是淡淡一笑：“我家人培养的。”

我们一致认为，卡特琳娜的家庭一定是联合国钦定的模范和谐家庭。她的父母也必定是彬彬有礼的真君子。刚刚学会一个新词（好人卡）的乔纳森闷闷地想转移话题，给我展示他家的小狗又一次把屎拉在他拖鞋上的照片。我避开那张有味道的照片，尖刻地指出他遛狗铲屎的时候人家卡特琳娜说不定在放飞和平鸽。

乔纳森一句骂人话还没蹦出来就撞上了卡特琳娜教导主任般安详的眼神，只得张了张嘴没出声，在桌子底下默默比着中指。

终于，在期中考试结束的那个下午，我们找到了见识卡特琳娜爸爸的机会。我和乔纳森跟随在卡特琳娜的身后，装模作样地研究着《炉石传说》的新卡组，目光却一直瞥向学校停车场的入口。卡特琳娜朝不远处挥了挥手，一辆银色丰田突然加速，超过一辆正在排队的法拉利后凌厉地切进了车队。卡特琳娜打开车门把书包扔在后排座椅，一个中年男人摇下车窗伸出头破口大骂：“你×了个×的，会不会好好放×××的书包啊，我×。”

乔纳森看我：“这×××的是亲生的吗？”

我看乔纳森：“她×××的不是说过是家人锻炼出来的吗？”

卡特琳娜轻盈地跳上车，还没完全关上车门丰田就开始骤然加速，横在车道中央，可加速一半却被一辆校车挡住了出口，发出一阵阵刺耳的轮胎摩擦地面的声音。男人再次摇下车窗啐了一口，开始抽烟。

我和乔纳森大失所望，正要离开，却听见卡特琳娜永远淡定的声音："爸爸，以后别这样了，会影响别人的。"

我们停住脚步，眼中都出现了一丝期待。

"爸爸，我知道你其实是个好人……"

我们看着丰田车飞速变小的背影，扶额长叹：完蛋完蛋，从此以后再也不能以"环境不好"作为自己堕落的理由了。正是：他脏由他脏，清风拂山冈。他横任他横，明月照大江。

威利：
我笑他人
看不穿

我参加开学前Field Trip（校外考察学习）的三天里最大的收获，就是认识了威利并且和他成为十分要好的朋友。这样看来，我之前如此不遗余力地黑着这趟Field Trip实在是不应该。

Field Trip的第一天，天还蒙蒙亮，平日站满枝丫的乌鸦都不见踪影，只有一群比我小了许多的小屁孩早早坐上了来接我们的校巴。我经过围在校巴前交流得正欢畅的家长们，选了个靠窗的座位。听着音乐闭目养神的我和周围或打闹或学习的孩子们显得格格不入。

校车晃晃悠悠来到下一站，潮水般的孩子们拥入车厢，中间却夹着一个身形瘦削的高中生，戴着一副跟他一样瘦弱的黑框眼镜，留着ABC最常见的齐刘海儿。他面无表情地跨过一条条横在过道上的小腿，坐在了我的身边，冲我点了点头算是打了招呼。只见他正襟危坐，不发一语，眼睛虽然小而无神却自带着一种气场，口中还念念有词。

我凑过去，伸手在他眼前晃晃：“你在干什么？”

“我在看书。”

“……你在看前面座位上露出来的海绵。”

“不。我在脑子里把以前读过的小说重新看一遍。”

“我也想看。”

校车启动时，我整个人倚靠在他怀里，他则搂着我的肩膀，对着我的右耳低语，场面十分劲爆。

到达伯克利大学的校门口时，我们一起看完了一本中篇小说。

剧情并不复杂，一个理科死宅靠着自己的聪明才智拯救了世界，抱得美人归，结尾是死宅在废墟的顶部静静地读着一本他最爱的漫画书。

威利一边起身一边向往地舔了舔嘴唇：“对了，我叫威利，加个Facebook吧。”

“可我们已经到了。”

“伯克利算个蛋。快点。”

呵呵，何方宵小敢用如此口气形容伯克利这样的知名学府？还不快快拖下去打三十大板？

我在他Facebook的头像上，第一次看到了他的瞳孔。在那张假笑得十分明显的大头贴底下，是他已经加入的群组——伯克利大学提前录取学生群。

旁边的括号里还有一行漫不经心的小字：宿舍分配交流专用群。

我肃然起敬。

我早在出国之前就常常听到某某学长学姐被世界名校提前录取的所谓喜报，可次数频繁后这种消息就形同鸡肋，除了干瞪眼羡慕之外卵用没有，还不如把青春期熊熊燃烧的八卦之心用在隔壁班班花易主这种头条新闻上。

可这一次，大神离我很近。我摸摸被他搂了半个小时的肩膀，再看看伯克利大学的金黄色标志，觉得与有荣焉。

一般来说，这样的大神，都会有着自己独特的生活哲学和行事方式。我跟在他身边用心钻研，总比去教育机构听功成名就的学长们做讲座要强一些。

打定主意后，我不再犹豫。

我要紧盯着他的一举一动，任何一个微小的细节都不能错过。

直到天荒地老。

直到海枯石烂。

直到被我看得发毛的威利忍无可忍扇了我一巴掌。

我揣着笔记本跟威利成双成对地出没于校园的每一个角落。教室的角落，拥挤的走廊，还有卫生间的隔间里都留下了我们的足迹。

两个星期后，我终于发现，简简单单一个“混”字，就是威利的生活哲学。

历史课上，大家都低着头不知在忙碌着什么。老师讲完一页幻灯片，一边喝水一边随手点了坐在不远处的威利起来回答问题。

威利的头都不抬一下，站起身："答案是C。"

然后干脆地坐下，在《三国杀》古朴的界面上打出一张闪："妈的，差点被这小崽子打死。"

我戳戳他："这不是选择题……"

威利再次起身："答案是资本主义社会。"

然后再次稳稳落座，打出一张杀和决斗："妈的，差点没把对面那个菜鸡打死。"

课后，我问威利为什么要扯一些非常扯淡的答案。

威利隐秘一笑："我没听讲答不出来，这时候如果你瞎扯一番的话，大家都以为你只是哗众取宠，没人能了解你是不是真的不会。"

我重重点头，表示受益匪浅。

威利补充："还有，选C的正确率真的很高，相信我没错。"

我掏出小本本认真记录。

于是下一节拉丁语课上，老师无奈地看着眼前的两个男生面对任何问题都能快速地喊出答案：

"选C。"

"罗马。"

"这个词的意思是美女。"

为了"制裁"我们，拉丁语老师开始在课间频繁地突击检查我们的课堂笔记。

然而威利毕竟是个经验丰富的老混混，他的笔记记得非常齐全，只不过字迹凌乱，逻辑不清，时不时还夹杂着几个数学符号和公式作为笔记之间承上启下的连接词，老师一旦发难他就大步上台进行线性代数知识普及。

没等老师把枪口转向我，我就主动把笔记翻开递了上去，目光清澈，态度诚恳。

俗话说笔记由心生，我的笔记条理清晰，字迹优美。

只不过全是中文。

老师看着满眼的方块字，大发雷霆。

威利老怀大慰，没想到临上大学前还能发现拥有如此资质的接班人。

老师一怒之下去隔壁请来了伯克利大学毕业的中文老师和数学老师前来助阵。

我扭头看威利，问他怎么办，然后在他带着笑意的脸上看到了对策。

我们哈哈大笑，提前预知了胜利。

我们和老师的辩论没有持续多久就草草收尾。

只不过后来威利略带伤感地告诉我，根据两位老师的表现，他突然有点不太想去伯克利了。

周围的同学们一致认为，像我们这样潇洒自在，是要遭报应的。

一星期后，报应躺在老师怀里进入教室。

开学以来的第一次大考来临了。

考试前一天，威利历史性地把从未开封过的教科书带回了家。

当天夜里，我们挑灯夜战，一边背着修正案一边大声放着音乐。

因为我平时还是会阶段性复习一下的，所以十二点钟就得以从课本中解脱。

第二天早上起来却收到了来自威利的二十多条短信：

“这一题是不是……”

“人呢？”

“回复！”

“你×，明早告诉我！”

我再看时间，乐了，威利也算是比肩科比，见到了硅谷凌晨五点时的模样。（网上流传科比接受采访被问到是如何成功的时候，他回答：“你见过洛杉矶凌晨四点时的模样吗？”）

然而，不管过程如何，威利一个人在考试前夜，吃着火锅哼着歌，学习完了大部分同学需要半个月时间去消化的内容，顺便还把《三国杀》的胜率提高了百分之一点三。

最终，我和威利都取得了一个中等偏上的分数。

我们很满意。

同班同学们纷纷表示愿意追随威利的脚步变成混子大军的光荣一分子。

大家团结在一起没日没夜玩耍的后果就是第二次大考全班的分数崩盘。

大家盲目当混混的时候，他们不知道威利小学的时候

就自学完了初中的数学教材。

我和威利，则仍然拿着一张得了B+的试卷笑而不语。

大家盲目当混混的时候，他们不知道威利小学的时候就自学完了初中的数学教材；小时候还因为背出圆周率小数点后六百位在加州拿了奖；现在，他选修的是大学程度的线性代数。

别人混不出名堂的原因很简单，大家都没有他聪明。

太过聪明的人，只要不误入歧途，往往都能混得不差。

这个暑假，威利即将前往斯坦福的数学夏令营，在几十个同样天赋异禀的少年面前展示他的混功。开课的第一天，我就跟他一边切磋着《炉石传说》一边聊天：

“斯坦福怎么样？”

“老师一上来就出了一道特难的题目，没人能做对。”

“你呢？”

“我做对了。”

“我×，这么厉害？”

“谁知道答案真的是C啊，哈哈哈。”

吉娜：
我的眼里
只有斯坦福

我一向坚信，天赋比勤奋更重要。准备出国时认识的诸多托福裸考一百分的大神以及出国后结交的一众学霸更加坚定了我的想法。

嗯，威利你快滚出来，就是说你呢。

在这些考高分如同探囊取物般轻松的大神面前，好成绩或者好大学并不是生活的全部，闲时跑跑步、看看书、打打游戏才是具有挑战性的项目。这样多年以后，他们全都金榜题名、功成名就时，他们还能骄傲地说：

“死读书没前途啦。”

“我觉得成功秘诀是读原版英文小说。”

“每天坚持长跑是我拿高分的关键。”

于是乎，这世上又会出现许多盲目跟风，企图通过长跑、看英文书来提高分数的朋友。

但吉娜，和以上列举的所有人，都不一样。

她是个在美国出生的韩国裔女生。继承了美国人性格中暴烈的一面以及韩裔对于高分名校（奥运会金牌、世界杯排名等等）的追求。如此反人类堪比终结者的可怕存在，她十五年人生路上渡尽劫难、硕果仅存的唯一梦想竟然是……

“我一定一定要上斯坦福。”

这是刚刚开学的午饭时间，我们的课堂仍寄居在那个小酒店里。我和威利看着眼前这位身形微胖的女生说出这话时，哈哈大笑，毫不掩饰揶揄之意。

“你们不信？”吉娜一拍桌子，引得周围的老师同学纷纷侧目。

“不不不，我们只是在嘲笑斯坦福而已。”

“你们不想考斯坦福？”吉娜以拳代掌重重砸在桌面。

“当然不想啊，哈哈哈哈哈，那样多累啊，没意思。”

吉娜第三次把手砸向桌子，这次她脸上却带着兴奋的笑，她对着身边的闺密点头：

“哈哈，又少了两个竞争对手。”

吉娜的智力虽然不在常人之下，但相较威利等人而言，就有些相形见绌了。但她的成绩，永远是班里最高的几个人之一。她就是每个班级里都会有的那种，十分讨老师喜欢，永远都兢兢业业认真完成任务的女生。

老师们对吉娜很满意。

但老师们的教学，显然无法让吉娜满意。

作为一个已经预定了斯坦福录取通知书的女人，吉娜在每一门课上唯一的追求自然是学期结束时成绩单上的大写A字母。

任何阻挠她前进的浑球儿，都会被她一脚踩死然后扫到路边。

不过偶尔也会出现少数大浑球儿，实力强劲，就算以吉娜的吨位也无法将其秒杀。

比如说我们的文学课老师。

对，就是开学时金发飘零饱受亚洲人名字读音折磨的那位。

学期过半时，他的金发全变成了灰白，最初只是零零散散的脱发已经演变成雪崩之势，露出了白里透红、光滑的头顶。

但是在吉娜眼里，这些都不值得同情。

“这个傻×居然敢给老娘打B，真是吃了熊心豹子胆。Balabalabala……”

那段Balabalabala的内容，有兴趣的同学可以上网百度一下美式英语骂人指南。

“哇塞！你居然拿了B，这老师偏心啊。只给女生打高分。”乔纳森抖着一张写满了F的成绩单欢快地加入了谈话。

吉娜一把将成绩单揉成纸团扔进了垃圾桶，眼中泪光隐现。

“你把成绩单撕碎了不是更解气吗？”我好心地建议。

“×，你是白痴吗，扔都扔了，我干吗要把那张废纸从垃圾桶里捞出来？”吉娜两眼通红，把手指关节按得啪啪作响。

“因为成绩单是要给家长签名然后交给老师的。”威利和我怜悯地看着她。

那天下午放学以后，吉娜因为踢坏了学校的垃圾桶而被教导主任留校谈话。

吉娜从来都不是一个宽宏大量的人，身为好学生的她偏偏记性又太好，于是文学课老师的种种缺点就在她的心里深深扎根，慢慢发芽。从此，除了考取好成绩之外，课间时拉着三五个好友一起痛斥文学课老师就成了吉娜最大的爱好。

“我告诉你，那个贱人！他Balabalabala……”

我们望着她的背后，两眼发直。

“我现在看到他就恶心干呕，呸呸呸！”

我看着吉娜手上那厚重的硬皮数学课本，把“您老人家这是几个月了”的吐槽艰难地咽了回去。

“你说的是谁呀？同学间要好好相处哦。”文学课老师拍拍吉娜的肩膀，语重心长。

吉娜望着我们，清晰地示范着“F——k you”的口型。

然后缓缓转过头去：“哎哟！老师不好意思呀，我帮您把手上的教案拿进去呗？”

文学课上，吉娜变成了最活跃的那一个，一边认真回答老师提出的每一个刁钻的问题，一边用含情脉脉的眼光注视着他。我和乔纳森坐在底下，挤眉弄眼，表示吉娜回答问题的口气简直堪比“大爷您进来玩玩呗”。

下课后，吉娜便会一边收拾着书包一边冲着闺密咬牙切齿：

“要不是为了让他给我把分数提上来，我才不会干这么丧权辱国的事儿。”

相信每一个留学顾问都会对学生们强调，想要考取美国名校，仅仅靠好成绩是远远不够的。更重要的是一些课外活动，例如学校运动队、公益项目或创办俱乐部，领导学生社团，展现领袖潜质云云。吉娜对此深信不疑。

学期过半，期末考试、AP考试离我们都还很远，正是无所事事的时候。当我和威利在全力以赴冲击《三国杀》百分之六十胜率的时候，吉娜把一张张韩语俱乐部的传单贴遍了全校的每一个角落。作为吉娜的熟人之一，我很不幸地“被自愿”在报名表的顶部写上了自己的名字。

被吉娜威逼利诱参加俱乐部的一共有将近三十人，当天下午到场参与的只有十五个。我、威利和乔纳森东倒西歪靠在墙上，看着吉娜非常努力地讲着并不好笑的笑话企图带动气氛，集体患上了尴尬癌晚期。

过了一会儿，学校派人来拍照，大家围在一起，全神贯注地望着吉娜以及她身后写满了韩文的白板，气氛热烈。

摄像老师一走，吉娜一屁股坐下，掏出作业，不耐烦地对我们挥挥手：

“都滚吧，老娘照片到手，你们爱干吗干吗去，别来打扰我了啊。”

我虽然看不惯吉娜的做事风格，却不能否认，她未来一定会成为所谓的“成功人士”，硅谷白领，年薪百万。

但有什么意义啊？

我有时候，真的很想知道当吉娜考上斯坦福后，她会迷茫，还是会松一口气。

不过，上帝保佑，暂且先让吉娜顺利考上斯坦福吧。

为了她对梦想那份可敬的执着。

更为了，世界和平。

周周：
硅谷堡垒

周周是我在美国关系最要好的朋友。

我刚到Valley Christian的时候，初来乍到，人生地不熟，每天下午在山顶等车回家时，都独自一人倚靠在凹凸不平的石柱上，蹭着仅剩下一小格信号的校园Wi-Fi看小说。

周周的情况跟我没有太多差别，那天下午，我因为网络时断时续而不耐烦地四处张望时，竟然发现不远处的角落里坐着一个安静看书的中国人。我歪过脑袋，拨开眼前晃动着的几条散发着浓重指甲油味道的胳膊，努力辨认着书的封面。

那是一本江南的《上海堡垒》。

那是一天中阳光最毒辣的下午三点，候车台的水泥地板已经被烤得滚烫，这种时候还能安心坐在地上读一本备胎小说的，大概也只有周周了。

对于两个身处异国，喜欢着同一本绝版小说的中国人来说，想要成为好朋友并不是一件困难的事。很快，我和周周便整天凑在一起，共同思考着如何消磨看似永远都浪费不完的上课时间。

周周是个典型的文科生。万般皆下品，唯有文科高。身为文科生的他自觉不能坠了古时候文人雅士们风流倜傥的名声，常常把自己描述成贾宝玉这类的把妹传奇型人物。直到有一次，某个性格如同加州阳光般开朗的美国女生大大咧咧地想要跟他来个礼节性拥抱时，周周十分慌张地顶住了女生的肩窝将其推开，然后在女生错愕的表情下落荒而逃，从此在全年级名声大震。

周周深以为耻，消停了许多。只不过偶尔还会嘀咕几句，表示自己只是万花丛中过，片叶不沾身罢了。

我们那所教会学校的校长是个虔诚的基督徒，努力让学校赢利的同时还兼具了几分悲天悯人的情怀。为了让国际生们更好地适应环境，也可能是因为国际生们糟糕的英文成绩单，他开设了国际生英语课程，由三位跟他同样虔诚的老太太分别教授《圣经》、英文词汇和写作。那三位老太太都已年过半百，头发花白。在她们眼里，这一班活蹦乱跳、朝气蓬勃的高中生和新生的婴儿没什么区别，所以讲课的进度……真的很慢，很慢。

周周的英文水平跟他的身高、长相处于相同的境地：比上不足，不下有余。对于这种难度不大的国际生课程自然是不屑一顾。每次上课时，他都拉着我蜷缩在教室的某个隐秘角落里睡觉。

“人家老太太的声音这么有磁性，不用来催眠多可惜啊。”周周如是说。

声音有磁性的老太太们当然注意到了那个看上去永远都很困的少年，却也不在意，只等着某一天周周能在上帝的教导下自我净化。

没过多久，周周突然转性，取消了午休，改为在课堂上偷偷用iPad玩游戏。老太太们欣慰地看着精神抖擞、两眼放光的周周，都以为是上帝感化了这个每天昏昏欲睡的熊孩子，于是她们对周周笑得也就格外和蔼可亲。

我惊讶周周的改变，他却只是不耐烦地摇头：“睡太多就会变成跟你一样的大傻×。”

然后我看着他在数学老师的眼皮底下酣睡。

也许是因为数学老师的声音更有磁性吧。

也许是周周真的被圣光净化了。

不过也可能是因为，那是左伊来到Valley的第一个星期。

左伊是从上海刚刚来到美国的转学生。

当左伊被老师牵着手领到讲台上做自我介绍时，她只是低着头小声说出自己名字后便不再言语。老太太宽容地笑笑，顺手就把她的座位安排在了周周的旁边。周周迅速起身，热情地帮左伊拉出座椅，同时隐蔽地侧过身体遮住了放着周杰伦新MV的iPad屏幕，趁着老师表扬他的空当锁了屏。

安排妥当后周周别过头，不露痕迹地蠕动着嘴唇，小声咒骂。

显然他认为有这个长得颇有好学生神韵的女孩子坐在他身边，他无忧无虑的日子怕是要到头了。

五分钟后，周周不敢再睡觉，便偷偷点开了游戏，把屏幕亮度调至最低。谁知周周操控的士兵刚刚背着长枪跳入战壕，左伊就捂着嘴发出了一声嗤笑。原本还在讲台前的老师脸色骤变，快速走向周周。周周一声长叹，自古红颜多祸水，此话果然不假，没想到这新生竟然是潜伏在身边的细作，失策失策。

周周一咬牙想强行关闭游戏，iPad却负荷过大卡住了，画面好死不死正好定格在他被一枪爆头的场景，屏幕上到处都是飞溅的血迹。

老太太来到周周跟前，满脸的失望。关掉了左伊刚刚通关的Candy Crush Saga（《糖果粉碎传奇》是一款画面精美的三消游戏），抽走了左伊还没沾上几个指印的崭新iPad，扬长而去，边走边摇头。

死里逃生的周周埋头在臂弯里偷笑，不停耸动的身体让老师们惋惜这刚被圣光拯救的学生眼看着居然失心风了。

就在九年级快要结束的时候，周周终于找到了最适合他的消磨时间的方式。

周周喜欢女生的方式，兼具了西方的悲情英雄色彩和颇有中国特色的屌丝精神。周周骄傲地自称这是文科生的浪漫。

但是大部分人都和我一样，会把这种吃力不讨好的行为叫作

暗恋。

后来，几经周折，周周在左伊闺密们的帮助下成功加上了左伊的微信，在我面前手舞足蹈不停地炫耀，活像个正处发情期的狒狒。我默默忍耐了一整节自习课后才告诉他，人家早就把微信号大大方方地写在微博主页上了。周周看着左伊自拍头像底下那一串英文字母，懊恼不已，十分心疼已经犒劳给左伊闺密们的那几份冰激凌。

可加了微信之后的很长一段时间里，左伊仍然没怎么理过周周。两人之间最热络的一次交流还是一个月前左伊找周周借了一块橡皮（周周：借了三天呢！）。反倒是左伊身边的一众闺密与周周成了朋友。

九年级的最后一天，周周本想效仿九把刀，让咸咸的海水为他们的学期末画上美好的句点。不料当他心潮澎湃地打算回顾九把刀的纯爱小说时，却无意中在微博上发现了这货出轨劈腿的无耻嘴脸。

周周一边庆幸沈佳宜没有从了那个禽兽，一边搭着同学家长的车来到了六旗游乐园，和早早就已考完的我们会合。

相比各种九环十环三百六十度旋转垂直冲刺的过山车，周周更加钟情于丛林漂流或者碰碰车这类不大需要阅读免责声明、注意事项的游乐项目。但是……

“你要坐第一排还是靠后点？”

“能不坐吗？”

“你这个尿×。”

“说得好。”

“胆小鬼。”

“有道理。”

“还能再尿一点吗？”

周周认真思索一番后给出了答案：“我可以再试试挑战一下自己尿的底线哟。”

周周的脸皮饱经风霜，结实程度堪比诺基亚，左伊闺密们的嘲讽无力得好像蚍蜉撼树。

“要不你去第一排呗。”左伊漫不经心地努努嘴。

周周双脚悬空，埋头仔细地检查着过山车第一排的安全带。左伊和闺密们的欢声笑语从最后一排远远传来。

韩国拍了一部在弹幕网站点击率极高的爱情电影，叫作《今天的恋爱》，患有恐高症的屌丝男主在跳楼机上一边尿裤子一边对着女神表白，终于获得了美人芳心。

很可惜，周周没有恐高症。他在过山车上神情冷漠，裤子干燥。连打印快闪照片的工作人员都被周周过山车上冰冷的眼神吓得不敢再向我们推销几十美元一个的钥匙扣。

左伊走上大摆锤，周周紧随其后。

左伊走上跳楼机，周周紧随其后。

左伊走上激流勇进，周周紧随其后，顺便递上自己的套头衫，怕她被淋湿了，结果被某闺密追杀几十里后一把将外套抢走。

左伊挽着闺密的手走进女厕所，周周紧随其……周周靠在女厕所门口等待。

一个跟着一帮女生出去玩的男生，往往都会肩负着拎包的使命。

不过拎包也要讲究技巧，有些人，女生一走就把大大小小的手提包甩在地上，算准了时间再提起来装出一副气喘如牛的模样；有些人则一言不发规规矩矩完成任务，事后除了几声“谢谢你哦”之外没准还能蹭上一瓶汽水。

周周不愧是处女座，拎个包都要拎出处女座的风采：以上吊的架势把四五个包挂满全身，空出双手充当衣架，站在烈日下晾晒着左伊刚刚被打湿的外衣领子。不远处在太阳伞下乘凉的壮汉保安看着周周，由衷地钦佩：“ You are such a nice guy！”

你真是个好人。

正如武侠小说中往往不起眼的扫地僧才是真正的绝世高人，六旗游乐园里一个平凡的保安一眼就看透了事情的本质。

等到左伊她们再次挽着胳膊出现在我和周周的面前时，外套的衣领已然干了大半。于是，周周除了得到几声“谢谢你哦”和一瓶汽水之外，还得到了一个响亮的称号：“贤妻。”周周满脸复杂，不知该哭还是该笑。他看着站在一旁咯咯笑的左伊，觉得该说点什么，张了张嘴，一句话没说一半就被一阵阵“贤妻”的笑闹声所淹没。

周周和左伊关系的改善，是在十年级。此时，我已经转学，周周跟我聊天时，学着演员们获得奥斯卡奖时致辞的口吻，泪花闪烁，一本正经地抿着嘴巴：“感谢暴雪，感谢《炉石传说》。”

《炉石传说》是暴雪娱乐公司出品的一款卡牌游戏，由于操作简单，界面精致而广受妹子们的欢迎。

那天，左伊的闺密给周周通风报信：“她最近开始玩《炉石传说》了，这次好像还挺入迷的。你是不是也该有所行动了。”

周周行动了：他花了二十分钟在那闺密面前痛骂《炉石传说》是电竞史上最垃圾的玩意儿之一，且烧钱程度跟腾讯这样的老牌巨头比起来也不多承让。此类不走心的游戏将永远被刻在暴雪公司的耻辱柱上，末了周周还顺便“安利”了一些真正的良心游戏，比如“三国杀”“Dota 2”等等。

周周正骂到兴头上时，收到了左伊的微信：“你玩《炉石》吗？”

“玩。”周周跟闺密说了拜拜，打开《炉石》官方网站，咬着牙点下了那个闪烁着妖异蓝光的下载按钮。

“厉害吗？”

“那当然。”周周对着满屏幕的《〈炉石〉攻略新手指南》抓耳挠腮。

“唉。”

周周看着手机屏幕上那个等了半天才跳出来的“唉”字，仰天长叹：“应该唉唉唉的人是我才对吧！”

别人下载《炉石传说》，是为了打牌。周周下载《炉石传说》，是为了看左伊打牌。起初，左伊还会埋怨几句，后来，也就慢慢习惯了打牌时左下角弹出的一条又一条来自周周的玩法建议。

那时候，周周每天晚上都会对左伊说："晚安喽。"

左伊便会回复："嗯，晚安。"

"早点睡。"

"一定。"

然后周周打开《炉石》，仍能看见左伊的账号在牌桌上奋战，正中周周下怀，学着左伊的样子，笨拙地用小拇指在屏幕上挪动，点开观战系统。两人一来一回，默契十足，正如左伊一直都知道周周喜欢她却从来都没有说破。

一定要早睡的左伊和十一点就说了晚安的周周每天都会在《炉石》上耗到夜里一两点，两人合力虐哭了不少半夜躲在被窝里偷偷玩游戏的小朋友。左伊偶尔也会跟周周聊聊天，从学校的无聊考试、明天的游泳比赛，一直聊到曾沛慈的新剧和孙燕姿的老歌。

"一个天天陪你熬夜的男生，就算他是条狗，多多少少也该产生点感情了吧。"周周不知在哪儿翻到这条微博后，连续登录了他的四个微博账号给博主点了赞。

对于周周来说，为了左伊而爱上《炉石传说》并不勉强，毕竟它再不济也还勉强算是一款老少皆宜的游戏。

然后，左伊跟大部分十几岁的少女一样，喜欢上了一个少年偶像团体。每天都对着那三个留着齐眉刘海的少年发着花痴。

周周每每看到那些性别难以辨认的孩子出现在左伊的朋友圈里时，嘴角都一阵抽搐。

那段日子里，周周面容憔悴，每天戴着耳机一言不发，步履蹒跚地穿梭在教学楼之间，脸臭得好像憋了一肚子大便。直到我不由分说抢下周周的耳机塞进自己耳朵里，才真相大白：里面循环播放着一首旋律悠扬，脍炙人口，歌词却饱含深意的歌谣。

“跟着我左手右手一个慢动作……”

后来，某天夜里，左伊无视周周的所有建议，一意孤行连输十几把，然后愤然退出了游戏。

看着一片灰暗的好友列表，周周很想一拳砸在电脑屏幕上。

“唉，好烦。”左伊竟然主动给他发了微信。

“说说呗。”

【左伊邀请你进行视频聊天。】

周周犹豫了半天，颤巍巍地点了三四次才成功接收邀请。他用大拇指按住摄像头，迅速地脱下松垮的睡衣，换上王俊凯同款的黑白衬衣；然后用脚把床上散落的书籍试卷一股脑全扫到了地上。

“其实，我早就知道你喜欢我了。”

“……啊我知道。”

“明年陪我一起去上夏令营吧。”

“好。”

“以后我们上不了同一所大学怎么办？”

“我一定会努力考得比你好，这样就能跟你上同一所大学了。”

“我的学校很差怎么办。”

“没关系。”

这大概是周周认识左伊以来她最没有女神架子的时候了，如果这时候屏幕这一边坐着的是住在我隔壁的那位学长，估计早就趁势表白吹响胜利的号角了。

可周周就是周周，一如既往地 。他挠挠头：

“其实我从来没想过能跟你在一起的。你难过的时候来找我就好了。你等不到喜欢的人，我就陪你等，等到了，我就走。”

如果备胎也分等级的话，周周一定是F1赛事专用的顶级备胎。

托周周吉言，左伊在三个星期后找到了真爱，两人每天你侬我侬，情意绵绵。

胜造七级浮屠而不自知的大善人周周翻着左伊朋友圈时，在一堆王俊凯的高清特写中看见了那条见证了美好爱情诞生的朋友圈。

“你……有男朋友了啊……”

左伊给周周回复了一大段话，大意是对不起谢谢你，微信的末尾还不忘加上这种场合下约定俗成的固定总结：

“你真的是一个好人。”

周周无声地笑，一直忍着没表白，这张制作精美的好人卡却依旧不期而至，还是一年前刚认识她时就已经预购好的经典款。

还记得周周告诉我的，他跟第一个女朋友分手后，一口气删光了所有聊天记录和有关她的一切。末了两人还大吵一架，相互拉黑，老死不相往来。等到缓过神来才追悔莫及，一句对不起憋在肚子里腐烂成了石油也没机会碰上道歉的对象。

但这次，周周把跟左伊有关的一切都导入了电脑。他们打游戏时的互动；左伊主动发给周周的自拍；左伊在K歌软件上录的周杰伦的歌……整整3个GB的记忆，全被藏进了某个他大概再也不会翻开的文件夹里。然后他才开始把手机上的相片以及聊天记录，一点一点慢慢删除，表情平静得吓人。

当天晚上，左伊照旧找周周闲聊，周周也来者不拒热情回复，一如往日。

聊到尾声时，周周第一次主动告别：

“先走了，拜拜。”

“嗯，拜拜。”

再也不会是那句贱贱的“晚安喽”。

开学前，周周公然逃了三天的课程，和与他同住了大半个暑假的学长一起坐三十多个小时的火车跑到了丹佛去体验生活。出发前收拾行李时，周周一反常态把全部的课外书都塞进了托运的箱子，随身携带的背包里只装着一台电脑。

我好奇他的改变，他只是淡淡地说：“这些书都是看过好多遍的，还带在身上，多沉啊。你当我跟你一样傻×？”

然后偷偷地把那本他能清楚说出每一个细节的《上海堡垒》放进了背包。

前往丹佛的火车上，周周摩挲着《上海堡垒》光滑的封面，那眼神活像在盯着自己的个人传记：主角力挽狂澜击退了入侵地球的外星人，成为全人类的英雄。只是当他一边驾驶战斗飞船一边对着敌人疯狂地倾泻炮弹时，心里惦记的，却仍是几千米下方早已在第一轮陆沉中就已死去的女主角。即便是多年以后，当他功成名就怀抱美人时，却还能记起那年冬天，女主角在玻璃窗上呵气画画的娇俏模样，以及她耳朵后面，那一缕微卷的头发。

她还好吗？

她还记得你吗？

她今天，还会跟你说晚安吗？

还记得初中时常看的韩国综艺节目里被粉丝们拼凑起的一对对CP，以及现在畅销的所谓青春小说中的男女主角，相爱相杀十几年，又有哪一对最后真的有一个大团圆结局？

更何况周周和左伊从来都不是一对。

只是在周周的心里，还藏着一款名为《炉石传说》的破游戏，以及无数条“嗯，晚安”的聊天记录。

希望很多年以后，当周周终于……的时候，他还能记起九年级快结束时，某一个无所事事的下午，有个从上海来的女孩低着头，小声说出自己名字时微微泛红的脸。

唯有努力，我们才有更多选择。

唯有努力，未来才会充满可能。

唯有努力，路的前方才是星辰大海。

图书在版编目（CIP）数据

孤独的你总有星辰作伴 / 李瑞清著 .—— 长沙：湖南文艺出版社，2016.8
ISBN 978-7-5404-7647-2

Ⅰ.①孤… Ⅱ.①李… Ⅲ.①随笔-作品集-中国-当代 Ⅳ.①I267.1

中国版本图书馆 CIP 数据核字（2016）第 137963 号

上架建议：畅销 · 青春励志

GUDU DE NI ZONG YOU XINGCHEN ZUOBAN
孤独的你总有星辰作伴

作　　者：李瑞清
出 版 人：刘清华
责任编辑：薛　健　刘诗哲
监　　制：毛闽峰　李　娜
特约策划：郑中莉　沈可可
特约编辑：马玉瑾
营销编辑：贾竹婷　雷清清
装帧设计：利　锐
内文排版：潘雪琴
项目支持：郑安迪
摄　　影：石添友
出版发行：湖南文艺出版社
（长沙市雨花区东二环一段 508 号　邮编：410014）
网　　址：www.hnwy.net
印　　刷：北京市雅迪彩色印刷有限公司
经　　销：新华书店
开　　本：875mm × 1270mm　1/32
字　　数：198 千字
印　　张：9.75
版　　次：2016 年 8 月第 1 版
印　　次：2016 年 8 月第 1 次印刷
书　　号：ISBN 978-7-5404-7647-2
定　　价：38.00 元

质量监督电话：010-59096394
团购电话：010-59320018